月陽炎《つきかげろう》
すたじおみりす　原作
雑賀匡　著
仁村有志　原画
PARADIGM　NOVELS 146

登場人物

有馬《ありま》柚鈴《ゆず》　生まれながらの銀髪の少女。極度の対人恐怖症で、神社内から出られない。

嘉神《かがみ》悠志郎《ゆうしろう》　帝都からやってきた神主見習い。有馬神社へ住み込みで奉公することに。

有馬《ありま》葉桐《はぎり》　一哉の後妻で、美月の実の母親。おっとりした良妻。

有馬《ありま》鈴香《すずか》　柚鈴の姉。父に代わり神社を切り盛りしている。

有馬《ありま》美月《みづき》　快活な性格のおてんば娘。柚鈴とは異母姉妹。

真《しん》　僧形の謎の男。たびたび神社周辺で目撃されている。

有馬《ありま》一哉《かずや》　有馬神社の神主。今は身体を壊して臥せている。

幸野《ゆきの》双葉《ふたば》　柚鈴の親友。柚鈴が家族以外で話せる唯一の娘。

第一章 双葉

第三章 美月

第四章 柚鈴

目次

プロローグ

メザメヨ……。

声。
闇《やみ》の中から聞こえてくる、声。
まるで頭の中に響き渡るような、強烈な声だ。

メザメルノダ……。

声はしつこく語りかけてくる。
無論、その姿は闇に隠れて見ることは叶《かな》わない。
どこから聞こえてくるのか分からない声が、恐怖心を増長させていく。

メザメルノダ……。

辺りの気配を窺《うかが》うが、自分の激しい息遣い以外はなにも感じることはできない。
……これは夢？

プロローグ

シメイヲ、ハタセ！

誰《だれ》だ⁉　これはなんなのだ⁉
一体、どこから聞こえてくるのだ⁉
耳を塞《ふさ》いでも、声は消えることはない。
強烈な存在感と力を持った声。

キサマノシメイヲ、ハタセ……。

幻聴ではない。
確かに……はっきりと聞こえてくる。
怖い。
恐ろしい。
その相手の姿が見えないというのに、何故こうも心を押しつぶすのだ⁉
身体《からだ》の震えが止まらなかった。
だが、声は徐々に近付いてくる。

キサマノチカラヲシメセ……コロセ!!

近付くなっ!!
い、いやだっ、いやだッ!!
そんな恐ろしいことができるものかっ!!

コロスノダ……!!　ヤツヲ!!

やめてくれ!
助けて……助けてくれっ………!!

声にならない悲鳴を上げた途端。
周りの闇が弾け、甲高い音が響き渡った。

「はっ……!?」
嘉神《かがみ》悠志郎《ゆうしろう》は、警笛の音にハッと顔を上げた。

プロローグ

一瞬、自分がどこにいるのか分からなかったが、眼前に広がる二等車の客席を見て、ようやく帝都からの汽車に乗っていることを思い出した。

ぼやける目を右手で擦《こす》り上げると、徐々に意識がはっきりとしてくる。どうやら、規則正しい列車の揺れに身を任せているうちに眠ってしまったらしい。

窓枠にもたれていたのか、左腕がじんじんと痺《しび》れていた。尻にも鈍い痛みを感じるし、頭も重い。どうも芳《かんば》しくない目覚めだ。

それに……なにか、よくない夢を見ていたらしい。背中にびっしょりとかいた汗が肌着に張りつき、不快感を感じさせた。

「夢……か」

悠志郎は小さく呟《つぶや》いて、さっきまで見ていた夢を思い出そうとした。

だが、不快な記憶はあるのに具体的な内容は断片すら脳裏に浮かび上がってこない。

微妙に引っかかった記憶。なんだか、小骨が喉《のど》に引っかかったような気持ち悪さだ。

なんとか思い出そうと微《かす》かな記憶を辿《たど》ると、

「……ぐっ！」

ズキン！と、頭に鋭い鈍痛が走った。

痛みはすぐには引かず、何度か波状に襲ってきては悠志郎を悩ませる。

思わず額に手を当てて耐えていると、痛みは少しずつ治まってきた。だが、同時にぼんやりと記憶していた夢の欠片《かけら》も、頭痛と共に消え去っていった。

思い出せない以上、気に病んでも仕方がない。

「まぁいいか。夢なんてどうでも……」

悠志郎は気持ちを切り替えるように背伸びをすると、窓の外の風景に視線を移した。

ずっと山間部を走り続けていた汽車は停車駅に近付いてきたらしく、車窓から見る風景は、畑や民家が広がる田園へと変わっている。

長かった帝都からの旅も、ようやく終わろうとしているようだ。

……いやはや、まさか私がこんな所まで来ることになるとは。

悠志郎が旅をすることになった理由は、帝都の神社で神主を務める父の元に、一通の手紙が届いたことから始まった。

差出人は父の遠縁にあたる有馬《ありま》神社の宮司。

その宮司が体調を崩して寝込んでしまったために、近付きつつある秋祭りの準備が滞ってしまっているようなのだ。力仕事を含めた雑用をする手が足りず、若い者をよこして欲しいと依頼してきたのである。

そこで父の後を継ぐべく勉強中であった悠志郎が、神職研修の一環として派遣されることになったのだ。だが、急な話だったので詳しいことは聞かされていなかった。

とりあえず現地に行って指示に従えばいい……と言われているが、あのにやついた父の顔を思い出すと、気軽に引き受けてしまったことを少々後悔する気分になってきた。

ピィィ――ッ！

一際甲高い警笛の音に思考を遮られ、再び窓の外へ目をやると、もう辺りはすっかり住宅街だ。せわしなかった蒸気の音も、ゆっくりとしたものに変わっていく。

やがてブレーキの音と共に吐き出されたけたたましい蒸気の音に急《せ》かされながら、纏《まと》めておいた荷物を持ち上げ、尻を軽くさすると汽車を後にした。


「へえ……」

予想していたよりもモダンな街並みに、悠志郎は感嘆の溜《た》め息をついた。

レンガ造りの新しい街並みは、帝都にある駅前のそれよりも若々しさに溢《あふ》れている。

街を歩く人々、その間を縫うようにすいすいと走りぬけてゆく自転車。それを邪魔臭そうに押しのけるがごとく走る自動車。

正直、聞き覚えのない街の名に不安を感じていたが、どうやら杞憂《きゆう》だったようだ。

――御一新と呼ばれる明治維新から半世紀。

世が「大正」と改まってからは、すでに数年が経《た》つ。急速な近代化の波は、その間に帝都から遠く離れたこんな場所にまで押し寄せてきているようだ。

さびれた所なのだろうと覚悟をしていただけに、悠志郎は一目見てこの街が気に入ってしまった。本屋の一軒もないような街では退屈で仕方がない。

「さてと……」

有馬神社はここからバスに乗って十分くらいのはずだ。

バス停を探して再び辺りを見まわした悠志郎は、すぐに目的地へ向かうバスを見つけることができた。荷物を抱えたまま乗り込んで空いている席に座ると、発車時刻が迫っていたのか、すぐに扉を閉めて走り始めた。

前髪を風に遊ばせながら流れる風景を眺めていると、モダンな建物は普通の民家へ、そして黄金の穂をたわわに実らせた田園へと変わっていく。

重たげに頭《こうべ》を垂れた穂が穏やかな風になびく様は、ずっと眺めていても飽きることはなかった。悠志郎の家の近辺ではあまり見られなくなった景色だ。

……目的地である「有馬神社前」でバスを降りると、バス停のすぐ側《そば》にあった巨大な鳥居が悠志郎を迎えた。その先には境内へと続く長い石段が続いている。

思っていたよりも大きな神社のようだ。

最近はあまり身体を動かしていないせいか、これを上って行かなければならないと思っただけで疲れてしまいそうであった。

だが、いつまでもここにいるわけにもいかない。

プロローグ

悠志郎は仕方なく外鳥居をくぐり、紅葉がゆっくりと舞い降りる中を、ひとつ、またひとつと足を踏み出して石段を登り始めた。

「ふぅ……やっと着きましたね」

石段を登り終えると、悠志郎はほっと息をつく。

帝都からの長い旅路の末に、ようやく目的地へとたどり着いたのだ。それなりに感慨深いものがあった。

「えっと……」

正面には本堂が見える。

堂々とした造りで、組み上げられた木の質感からここの歴史が伺えるようだ。

視線を手前に戻すと左に手水舎《てみずしゃ》があった。清水がこんこんと湧《わ》き出している様に喉の渇きを覚え、悠志郎は柄杓《ひしゃく》で水を汲《く》んで手を清めると水を戴《いただ》くことにした。

正面の本堂に向かって右には社務所があり、閉じられたガラス戸のむこうに破魔矢やお守り、おみくじが置いてあるのが見える。

手水舎の向こうには絵馬かけと宝物殿、その奥に続く道があった。母屋があるとしたら、おそらくそっちの方だろう。

「しかし……静かですねぇ」

神社にはまったく人気がない。

嵐《あらし》の前の静けさならぬ、祭りの前の静けさ……といったところか。

そう思いながら辺りを見まわしていると、悠志郎はこの神社の風景に、ふと不思議な懐かしさを感じた。

ここに来るのは初めてのはずなのに……。

まあ、境内の造りは場所によって違うが、雰囲気というものはあまり変わるものではない。宮司の息子として生まれ、境内を遊び場として育ってきたのだから、そう感じるのも無理はないだろう。

悠志郎は自分にそう言い聞かせると、母屋を探すことにした。


「ごめんください！　お約束をしていた嘉神と申しますが！」

悠志郎は何度目かの同じ言葉を口にした。

母屋を見つけたのはよいが、扉は固く閉ざされ、中には人の気配がない。社務所も無人であったので、無礼を承知で縁側から中を覗《のぞ》いてみたが、やはり誰もいないようである。

懐中時計で確認すると、約束の時間を二十分ほど過ぎている。

急な予定でも入ってしまったのだろうか？

……ならば、せめて扉に置き手紙でも残しておいてくれればいいのに。

プロローグ

悠志郎は多少恨めしく思いながら、地面に鞄《かばん》を転がしてその上に腰を掛けた。長旅で軽い疲れを感じていたせいもあって、すぐに眠気が襲ってくる。

いいさ、このまま寝てしまえ。

そのうち誰か帰ってくるだろう、と気軽に考えた悠志郎は、そのまま睡魔に身を委《ゆだ》ねてしまうことにした。

思っていたよりも疲労していたらしく、眠りはすぐに訪れた。

汽車の中の夢とは違い、今度は暖かな優しい光に包まれた世界へ誘われる。そこに広がるのは光と海だけという不思議な世界だ。

悠志郎は、どこまでも続く水面にたったひとりで佇《たたず》んでいた。

自分は夢を見ているのだ……という意識はあったが、思うように身体を動かすことができない。だが、何故か不安は覚えず、ただ安らぎだけを感じていた。

母の胎内もこのような場所なのだろうか……？

そう思いながら、意識を辺りに飛ばした時。

光を反射して白く光る水面になにかが降り立った。

「……？」

足元まで広がってくる波紋の源を辿って顔を上げると、そこにはひとりの少女がいた。

「あなたは……誰？」

少女は悠志郎に訊《き》いた。

「君は……誰……？」

悠志郎は思わず問い返す。

「どこから来たのですか？」

「どこから来たの？」

「昔……どこかで逢《あ》ったことはありませんか？」

「ねぇ、どこかで逢ったことない？」

互いに問うばかりでひとつの答えも得ることはできなかったが、不思議とその少女が親しく……懐かしい存在であることを感じ取っていた。

少女は水面を歩いて、ゆっくりと悠志郎に近付いてくる。

足を踏み出すごとに波紋が広がり、光の海へと溶け込んでいく。

少女は悠志郎のすぐ前に立つと、そっと頬《ほお》に触れてきた。

「君は……誰？」

私を知っている……？

悠志郎は無意識のうちに、頬に触れた少女の手を握っていた。

途端、静かに光の世界が薄れてゆく。

……夢……。

そう、これは夢なんだ……。

現実の世界に引き戻され、悠志郎はゆっくりと瞼《まぶた》を開いた。ぼんやりとした視界に映るのは、光に満ちた世界ではなく……ひとりの少女。

そう、少女だ……。

おっとりとした目で、悠志郎の目を覗きこんでいるようであった。

「…………………」

白……いや違う。あれは銀だ。

銀糸を束ねたような髪が日の光を浴びて美しく輝いている。

異国の少女だろうか。

どこから来たのだろう。

巫女《みこ》の装束を纏っているということは、ここの人なのだろうか。

名はなんというのだろう。

覚醒《かくせい》しきっていない悠志郎の脳裏に、いくつもの疑問が浮かんでは消えた。

時が止まってしまったかのように彼女を見続けていた。

彼女もまた、悠志郎から視線を外そうとはしない。

ふと、悠志郎は彼女の右手が頬に添えられていることに気付いた。自分がその手をしっかりと握りしめていることにも。

プロローグ

「え……?」

ふたりがその事実に同時に気付き、互いの視線が外れた瞬間。

止まっていた時が動き出した。

「い、いやぁっ!」

「うわっ! な、なんですかっ!?」

「い、いやぁぁっ! 離して! 離してぇっ!!」

「ちょ、ちょっと落ち着いてくださいよっ!」

少女が急に大声を上げて叫び出したことに驚き、悠志郎は思わず狼狽《ろうばい》してしまった。

「許してぇっ! 許してくださいっ! いやぁっ!」

「いや、ですから許してって……その……」

目の前の少女は狂ったように泣き叫び、必死になって悠志郎の手から逃れようとする。

これではまるで、悠志郎が少女を襲っているかのようだ。

「離してっ! お願いぃぃいっ!!」

「あ……っ」

無意識のうちに少女の手を強く握りしめていたことに気付き、慌てて捕らえていた手を離した。途端、少女はぱっと身をひるがえすと、脱兎《だっと》の如《ごと》く母屋へと駆け込んでいく。

……なんなんだ、一体?

呆然《ぼうぜん》と少女が消えた母屋を見つめていると、
ヒュッ……！

背後から小柄《こづか》が飛んできて、勢いよくスコンと壁に突き刺さる。研ぎ澄まされた刃は日差しを受けて、狂暴にギラリと笑っているように見えた。

「この痴《し》れ者っ!!」

声に振り返ると、巫女姿の女性が懐刀を取り出しながら悠志郎を睨《にら》みつけていた。

「いやな予感がして帰ってみれば……。神聖なる境内で、しかも巫女に乱暴を働くとはっ」

「あ、あのですね、誤解ですって！」

「よくも柚鈴《ゆず》を……っ!! 許さないっ!!」

女性は懐刀を抜くと、悠志郎に言い訳をする間も与えずに襲いかかってきた。

「うわーっ、誤解ですよ！ 話を聞いてくださいっ！」

「問答無用っ！ 神罰を受けなさいっ！」

巫女の握る懐刀が、勢いよく悠志郎に向けて振り下ろされた。

第一章　有馬神社にて

「申し訳ありませんっ！」

通された母屋の一室で、巫女《みこ》姿の女性——有馬鈴香《すずか》は、悠志郎に対して恐縮するように深々と頭を下げた。

「事情はすべて妹から聞きました。嘉神さん、本当に申し訳ありませんでした」

「まぁ、こうして生きているわけですから」

悠志郎はそう言って笑ったが、あと一歩でも踏み込まれていたら、首と胴体が泣き別れになっていたことは間違いないだろう。

父親から遊び半分で習っていた白刃《しらはど》取りが幸いしたが、寿命が二十年は縮んだ思いだ。思い返しただけでも背筋が凍る。

「本当にすみません。なんとお詫《わ》びしたらよいか」

「ははは、もういいですよ。私も少し迂闊《うかつ》でしたし……」

無意識とはいえ、初対面の少女の手を握ってしまったのだ。斬《き》り掛かられたことはともかく、悠志郎にもまったく非がないわけではない。

「えっと……鈴香さんでしたっけ？　有馬さんはまだお帰りにならないのでしょうか」

「嘉神さんが来られるまでには戻る予定だったのですが……」

「ああ、私のことは悠志郎とお呼びください。その方が慣れていますので」

「は、はい。悠志郎さん……で、よろしいですか？」

鈴香はぎこちなく悠志郎の名前を口にした。

「構いませんよ。それで……病院は遠いのですか？」

「いえ……たぶん混んでいるのだと思います。いつもならもう帰っている時間ですから」

身体《からだ》を壊していると聞いていたが、病院通いが日常になるほど思わしくないらしい。

だからこそ悠志郎が呼ばれたわけなのだが……。

「えっと……」

「………………」

元々無駄話をしない方なのか、鈴香は必要以上のことは喋《しゃべ》らなかった。無言でいると間が持たず、なんだか落ち着かない気分であった。

「……そういえば、さっきの娘《こ》は？」

「妹の柚鈴と申します」

「なるほど、柚鈴さんと言うのですか」

「柚鈴になにか……？」

鈴香の表情が微妙に揺らぐ。

「不思議な娘だと思いましてね」

「髪の色が……ですか？」

「いえ、雰囲気とでも言いますか……」

先ほど出会った時のことを思い返しながら、悠志郎は自分でもその理由を考えてみた。

どこか儚《はかな》げで浮世離れしている感じがするからだろうか？

それに……何故か、あの娘にはどこかで会ったことがあるような気がするのだ。

悠志郎がそんな気持ちを表現するための言葉を探していると、先に鈴香が少し哀《かな》しそうな表情を浮かべて口を開いた。

「あの娘は……対人恐怖症なんです。だから……だと思います」

「対人恐怖症……？」

悠志郎は思わず問い返した。

そんな病があるということは知っていたが、実際に耳にするのは初めてのことだ。

「お恥ずかしい話ですが……」

「じゃあ、学校にも行っていないとか？」

「その通りです。ですが、勉学の方は私が教えておりますので、問題はないかと……」

鈴香の口調が硬いものへと変わった。

それ以上の追及はするな……と拒絶するかのようだ。

どうやら、あの柚鈴という少女のことはあまり触れられたくないらしい。おそらくは対人恐怖症のことだけではなく、あの銀色の髪にも原因があるのだろう。

「左様ですか……」

悠志郎も無理やり聞き出す気などないので、話題を変えることにした。

「あの……有馬さんはひとりで病院へ？」

「いえ、葉桐《はぎり》さんが一緒に行っています」

「葉桐さんというのは？」

「……義理の母です」

「そう……ですか……」

なにやら複雑な家庭事情があるようだ。

これ以上、有馬家に関する質問をするのは躊躇《ためら》われて、悠志郎は再び沈黙に耐えなくてはならなくなった。

ひそかに溜《た》め息をついた時、遠くから正午のサイレンが聞こえてきた。

約束は十一時だったのだが……。

「父も葉桐さんも遅れているようで……重ね重ねの非礼、お許しください」

鈴香はそう言って深々と頭を下げた。

その拍子に美しく長い黒髪がさらりと揺れる。よく見ればずいぶんと器量のよい娘なのだが、どうも意識的に表情を表さないようにしているらしい。

「いやいや、かまいやしません」

悠志郎は鈴香の硬い表情を崩してみたくなって、少しおどけたように片手を振った。

「手入れされた庭を見ながら、ぼーっとしているのもまた一興ですからね」

「あの、父が帰って来るまでに、簡単に母屋や離れの方をご案内しておこうと思いますが……」

馬鹿《ばか》っぽくならないようにはしたが、鈴香はなんの感銘も受けなかったらしい。相変わらず無表情のまま、事務的な口調でそう言った。

……やれやれ失敗か。

鈴香の別の表情を見るのは、またの機会になりそうであった。

悠志郎は鈴香に案内されて、しばらく滞在することになる部屋に荷物を置いた後、母屋のあちこちを見てまわった。

「母屋には居間と父たちの部屋、それに私たち姉妹の部屋がそれぞれと、今の客間があります。先ほど私たちがいたのが居間です。台所はその近くにありますから覚えておいてください。なにか質問がありますか？」

「いえ、特に……」

「では次へ参りましょう」

鈴香は一方的に説明を終えると、さっさと先に立って歩き始める。

ずいぶん忙しい案内だと思いながら、悠志郎は急いで彼女の後を追った。母屋から続く板張りの長い廊下を進むと、本堂を抜けて社務所へと到着する。

「明日から、ここで私の仕事を手伝っていただくことになります」

「仕事の内容というのはなんでしょう？」

「主に書簡のまとめと、私が席を外している際の売り子などです。期間はとりあえず秋祭りが終るまでと父から聞いておりますが、詳細は直接本人の口から聞いてください」

「はあ……」

「他になにか？」

「いえ……結構です。ありがとうございました」

悠志郎は、鈴香の淡々とした説明にうんざりしてしまった。

最初の印象が悪かったとはいえ、自分が来たことを歓迎されていないような気がして、なんだか憂鬱《ゆううつ》な気分に

なりそうだった。

「さ、そろそろ昼食ができた頃《ころ》です。戻りましょう」

鈴香に促されて母屋に戻ろうとした時。

「あっ……」

渡り廊下を歩いてきた銀髪の少女が、悠志郎たちに気付いてぱっと廊下の曲がり角に身を隠した。そして、まるで悪戯《いたずら》をした子供が親の姿を窺《うかが》うように顔を半分だけ覗《のぞ》かせる。

「少々、失礼します」

鈴香はその場に悠志郎を残して、さっさと銀髪の少女——柚鈴の方へと歩いていく。まるでついてくるなと言わんばかりの勢いである。

柚鈴を廊下の曲がり角の奥へと連れていくと、ぼそぼそと言葉を交わし始めたようだ。

「ふう……」

悠志郎はそんな様子に、何度めかの溜め息をついた。

明日からの仕事の相方が鈴香だと思うと、正直上手《うま》くやっていけるか不安になってくる。

あからさまな態度こそ見せないが、彼女に歓迎されているとはとても思えない。

先程の口ぶりからして家庭事情が複雑なせいだろうか？

……まったく、厄介な所に送り込んでくれたものですね。

父を信じて引き受けたはいいが、悠志郎は来た早々、安請け合いしたことを後悔し始めていた。もっとも、引き受けたからには仕事をまっとうして帰らなければならない。

ならば、少しでも打ち解けて居心地をよくするのが得策なのだが……。

そんなことを考えていると、白米の炊ける匂《にお》いが漂ってきた。

そういえば昼食の時間だ。

今日は朝早くに汽車の中でにぎりめしを食べたのが最後だと思い出して、悠志郎は急に空腹感を覚えた。

「お待たせしました」

そう言って鈴香が戻ってきた途端、間の悪いことに腹の虫がぐうと鳴ってしまった。

「まぁ……」

「おおっと、これは失礼」

「ふふふ……もうじき昼食ができると思います。是非ご一緒してください」

「では、お言葉に甘えて」

「柚鈴のご飯は美味《おい》しいですから、楽しみにしてください」

鈴香は初めて笑顔を見せた。

場の雰囲気が少しほぐれたせいか、彼女の緊張も解けたようだ。できることなら、ずっとこんな表情を見せて欲しいものである。

長い廊下を渡って母屋に戻ると、玄関ががらりと開く音が聞こえてきた。振り返ると、廊下の奥の玄関に数人の人影が見える。

「ただいま〜っ！　わぁ〜いい匂いっ、あたしお腹すいて死にそうだよっ」

元気のよい声が廊下へ響き渡った。

「今帰られたご一行が……？」

「はい。父と葉桐さんに、妹の美月《みづき》です」

鈴香に問うと、彼女はせっかく砕けた表情を硬く戻して頷《うなず》いた。

柚鈴の他にも姉妹がいたようだ。これも、複雑な家庭事情というやつなのだろうか。

「とりあえず、ご紹介いただけますか？」

「はい……」

すっかり元に戻ってしまった鈴香に連れられ、悠志郎はようやく有馬家の主人である有馬一哉《かずや》と対面することができた。


昼食が終わった後――。

悠志郎は一哉の部屋に呼ばれて今後のことに関しての話をすることになった。

まずは父から預かった親書を手渡すと、

「ふむ……ふむ……ははは。なるほどな」

ざっと目を通した一哉は、それを元どおり折り畳んで柔和な笑みを浮かべた。

「悠志郎くん、君はお父さんからなにも聞いていないそうだね？」

「一応、仕事の内容は鈴香さんにお聞きしましたが……」

悠志郎が言うと、一哉はゆっくりと頷いた。

「そうか……まあ、迷惑をかけてしまうがよろしく頼むよ」

「いえ、私も色々と学ばせていただきます」

「私は大抵《たいてい》ここで寝ているか書簡をしたためているかのどちらかだ。すまないが鈴香の指示にしたがって欲しい」

「随分と優秀な方みたいですからね。素直にそうさせて頂きます」

少しつき合い辛《づら》そうですが……という言葉を飲み込んで、悠志郎は曖昧《あいまい》に笑った。

「悠志郎くん、娘たちには会ったのかね？」

「え、ええ……先ほどの美月さん？　彼女とは話をしていませんが、鈴香さんとは色々と」

柚鈴という娘とも、会っているといえば会っているのだが……。

悠志郎が答えると、一哉はわずかに身を乗り出してきた。

「それで……どうかね？」

「どうといいますと？」

「鈴香はそろそろ嫁に行ってもおかしくない歳なんだが」

「は、はあ……」

話がおかしな方向に流れ始めたのを察して、悠志郎は言葉を濁した。

これはひょっとして……。

「私が言うのもなんだが、器量もよいし、しっかり者だ。ちょっと取っ付き辛いと思うが、あれで可愛《かわい》いところもあるのだよ」

「ち、ちょっと待ってください……それはどういう……」

「鈴香では不服かね？」

「いや……そうではなくてですね……」

一哉の表情を見る限り、その場限りの冗談ではなく本気で言っていることが分かる。

しかし、初対面の男に娘を嫁がせる話を切り出すとは……。

「私も身体を患っているからね。なにかある前に、せめて娘の花嫁衣装を拝んでおきたいと思っているのだよ」

その言葉を聞いて、悠志郎はピンときた。

……どうやら謀《はか》られたようだ。

今回、有馬神社に手伝いにくることに関して、父親が詳しい話をしようとしなかったのは、こういう含みがあったからなのだろう。

ふたりの間でどれほどの取り決めがあるのか分からないが、自分の知らないところで将来を左右するような問題を取り沙汰《とざた》しないで欲しいものである。

「いやいや失敬。別に無理強《むりじ》いをするつもりはないのだよ」

憮然《ぶぜん》とした表情を浮かべた悠志郎に、一哉は慌てて言った。

「これは私の希望に過ぎないのだからね」

「はぁ……もしかしてこのことは、娘さんたちも知っているのですか？」

「いや、伝えておらんよ。変に意識されるとやり辛いと思ってね。だから、このことは娘たちにはまだ……」

「とても言えませんよ、そんなこと」

鈴香にしても柚鈴にしても、とても好印象を与えたようには思えない。

もし、互いの親がこんなことを画策しているなどと知ったら、口すらきいてもらえなくなる可能性もあるのだ。

「まあ、まだ来たばかりだ。帰るまでにゆっくりと考えてくれればいいよ」

「善処します……」

悠志郎は仕方なく、一哉に頷いて見せた。


一哉の部屋から辞して自室に向かう途中、悠志郎は不意に尿意をもよおした。

鈴香に母屋の中は一通り案内してもらったのだが、考えてみれば、便所の場所だけは聞いていない。左右を見まわしてみたが、それらしい場所はなかった。

……仕方ない、誰《だれ》かに聞くしかないな。

そう考えながら廊下を歩いて行くと、

「ねぇ……美月、起きてってば！　学校遅れちゃうよっ……ねぇ」

ちょうど居間から声が聞こえてきた。

女性に訊《き》くのは少々恥ずかしいものがあるが、この際仕方あるまい。

「すみません、あの……便所は何処《どこ》に？」

居間への障子を開きながら声を掛けると、

「ねぇ、美月……って……あっ！」

さっき出会った不思議な少女——柚鈴が悠志郎に気付いて振り返った。

「っ……えっと……えっと……そのっ……」

柚鈴は悠志郎を見ると、急に言葉を詰まらせる。その脅《おび》えたような姿に、悠志郎は彼女が対人恐怖症であると聞かされていたことを思い出した。

できるだけ刺激しないように気を付けながら、

「あ、あの……実は……」

極力優しい笑顔を浮かべて足を踏み出した途端。

第一章　有馬神社にて

「いやぁぁっ！　こないでぇっ‼」

耳をつんざくような悲鳴を上げてぺたりと座り込むと、柚鈴は両腕を痛ましいほどギュッと抱き寄せた。

「柚鈴っ……⁉」

それまで畳の上で大の字になって寝ていた少女が、柚鈴の悲鳴を聞いて飛び起きた。

美月とかいう快活そうな娘だ。

しくしくと泣き崩れる柚鈴を一瞥《いちべつ》した美月は、側《そば》にいた悠志郎を見咎《みとが》めて、たちまち憤怒の表情を浮かべた。

「ちょっとあんた……柚鈴になにをしたのっ！」

「い、いや……別になにも……」

「無理やり詰め寄ったんでしょっ！　そうでなきゃ、こんな泣き方するわけないわっ！」

「いや、ですから……本当になにも……」

「男の癖に言い訳をするつもりっ⁉」

悠志郎に口を挟む隙《すき》も与えず、美月は一方的にまくし立てた。まるで聞く耳を持たないかのような物言いは、

最近の言葉で言うヒステリーというやつだろう。

「なんとか言ってみなさいよっ！」

「一方的に詰問されては話す気も失せるというものです」

「あたしが悪いっての⁉」

「率直に申し上げるとそうですね。少し頭を冷やした方がよろしいと思いますけど」

自分でも悪い癖だと自覚しながら、つい皮肉めいた言葉を口にしてしまう。こんな勝ち気な娘が相手だと、火に油を注ぐ結果になるということが分かっているのに……。

「やかましいっ、出てけ‼　この女の敵ッ‼」

案の定、美月は顔を真っ赤にして怒鳴り声を上げた。

「私は呼ばれてここに来たのですけど？」

「あたしは、あんたなんか呼んでなんかいないわよ！」

ここまで来ると、もはや冷静に話し合うのは不可能だろう。

これからしばらくは一緒に暮らさなければならないというのに、こんな状態ではとても上手くやっていくことなどできない。

どう収拾したものか……と頭を悩ませていると、ふと後ろから誰かが近付いてきた。

「悠志郎さんは、あなたではなく父様がお呼びした方です」

「ね、姉様っ⁉」

やって来たのは鈴香だった。

怒鳴り声に気付いて仲裁に来たのだろう。ちらりと悠志郎を一瞥した後、彼女は部屋の中の柚鈴と美月を交互に見比べた。

「彼には私の仕事を手伝って頂くことになっています。いなくなると私が困ります」

「で、でも、こいつ柚鈴を泣かせたんだよっ！」

美月はそう言って、畳の上に座り込んだままの柚鈴を指さした。

鈴香はそんな彼女見て、小さく溜め息をついた。

「柚鈴……いつまで泣いているの？　もういいから部屋へ戻りなさい」

「えっく……ひっく……うくっ……」

柚鈴は泣きじゃくりながらこくりと頷くと、とぼとぼと廊下へと出ていってしまった。

「少々軽率でしたかね？」

事情を聞いていたのに、うっかりと声をかけてしまったのが失敗だった。

悠志郎が自戒を込めて呟《つぶや》くと、

「軽率とかそんな問題じゃないわよ！」

美月が再び噛《か》みつくように言った。

「父様も少しは考えるべきよ。柚鈴がいるのに外から人を呼ぶなんて間違ってるわ！」

「……およしなさい」

「姉さまだってそう思ってるんでしょう⁉」

「確かに……柚鈴のことを考えればそう思います」

美月の問いかけに、鈴香はちらりと悠志郎を見る。

「しかし、家長が決めたことですし、私だけで祭りの準備はできません。私たちには悠志郎さんが必要です」

「じゃあ柚鈴はどうなるのよっ⁉　それになにか間違いでもあったらどうするのさ！」

「……私はそんな節操なく女性を襲うケダモノではありませんよ」

「やかましいっ！　あんたは黙ってなさいよっ！」

ピシャリと一喝されて、悠志郎は肩をすくめた。

やはり、ここは下手に口を挟まない方がいいだろう。

「おやめなさい。それがお客様に対する口のきき方ですか」

「だってっ‼」

「すみません、お恥ずかしい所をお見せして……愚妹の非礼お許しください」

鈴香は悠志郎に対して、軽く頭を下げた。

「な……姉さまっ‼　こいつどうするつもりなのっ？」

「お客様に対して、こいつ、とはどういうことです？」

「だ、だってっ……えっと……」

美月は恨めしそうに悠志郎を見つめた。

考えてみれば彼女とまともに話すのはこれが初めてだ。悠志郎は鈴香から名前を聞かされていたが、互いに名乗りあってはいないのだ。

「嘉神悠志郎です。……悠志郎でかまいませんよ」

「ゆ、悠志郎をどうする気なのっ？」

「当然いてもらいます。だから美月、今後二度と失礼のないように」

「そ、そんなぁっ!!」

鈴香に断言されて、美月は不満げな声を上げた。

「それよりも美月、時間はいいのかしら？　午後の授業が始まるまでもう時間がないわね」

「ええっ!?　わわわわっ！　寝過ごしたぁっ！」

「私が学校に呼び出されることがあったら、承知しませんから」

「わ、分かってるよっ、行って来ますっ！」

美月は慌てて身繕いをすると、ドタバタと居間から飛び出して行く。

切羽詰まった状態だというのに、悠志郎の横を通る時にはしっかりと足を踏んづけていくあたり、これから先も一筋縄ではいかないことを物語っていた。

「ぐっ……大変素直なよい娘ですね」

「帰って来たらきつく叱《しか》っておきますので、私に免じてこの場はお納めください」

鈴香は申し分けなさそうに軽く俯《うつむ》いた。

その姿を見て、ふと緊張が緩むと同時に、悠志郎はなぜここに来たのかを思い出した。

「そうだ……すみません。あの……」

「はい……？」

「便所は何処でしょうかね？」


目的の場所は母屋の中ではなく離れにあった。

裏口から出て数歩の距離なのだが、外にあるのなら、寝る前には早めに用を足しておいたほうがよさそうだ。

悠志郎は便所から出ると、何気なく母屋から拝殿の方へ散歩してみることにした。

どうせ仕事は明日からなので、自室に戻ってもすることがない。ならば、しばらく滞在することになる場所を改めて見ておこうと思ったのだ。

白い玉砂利を踏みながら、拝殿へと続く参道を横切って社務所へと歩いていくと、その側にある神木の下に柚鈴の姿があった。

どうやら、舞い散った落ち葉を箒《ほうき》で掃いているようだ。

「うーん……」

悠志郎は言葉をかけるべきかどうか、しばらく悩んでしまった。

先ほどのことを謝罪しておきたかったが、迂闊に近寄ればまた同じことを繰り返してしまうおそれがある。

どうしたものか……と葛藤を繰り返していた悠志郎の気配に気付いたらしい。振り返った柚鈴は、そこに悠志郎の姿を見つけて困ったように身じろいだ。

「その……さっきはどうも」

悠志郎は同じ轍《てつ》を踏まぬように、その場に立ち止まったまま言った。

「あ……えっと……」

なんと言葉を紡げばいいのか分からないのは柚鈴も同じようだ。

視線をこちらに合わせ、じっと見つめて来たかと思えば、視線を下にやったり横にやったりとなかなか定まらない。

「あの……やはり私がいると迷惑ですか？」

一応は請われて来ているのだが、柚鈴を困らせるようなことはしたくなかった。

自分が滞在することによって彼女の居場所がなくなるようなら、ここにいることを考え直す必要もあると考えたのだが……。

「め、迷惑なんかじゃありませんっ！」

銀色の髪を揺らしながら、柚鈴は大きく首を振った。

「悠志郎さんのこと……迷惑なんかじゃありません。嫌いでもありませんっ！」

「柚鈴さん……」

「私……こんなんだけど、頑張って……頑張ってお話できるようになります。……もう怖がって泣いたりしないように頑張りますからっ」

柚鈴は震える声でそう言った。

彼女からすれば言葉を交わすだけでも大変だろうに、必死になって語りかけてくる。その姿に悠志郎は思わず胸が熱くなった。

何故に柚鈴が対人恐怖症になったのか知らないが、この様子では学校どころか境内から出ることすら難しいに違いない。そんな彼女が好意を見せてくれているのだ。悠志郎は頷いて見せるしかなかった。

「分かりました、柚鈴さん」

「え……？」

「これからしばらくご厄介になりますが、よろしくお願いします」

「は、はいっ……こ、こちらこそ……よろしくです」

そう言って柚鈴はぺこりと頭を下げる。赤くなって俯いている様子が可愛らしく、悠志郎は思わず数歩だけ彼女に近付いた。

が……。

「あっ！　そ、その……だ、駄目っ……！」

柚鈴は箒をその場に放り出すと、一目散に駆け出して行ってしまった。


「ん……もう、夕暮れか」

旅の疲れを癒《いや》すために自室でうたた寝をしていた悠志郎は、西側から差し込んでくる夕陽の眩《まぶ》しさに目を覚ました。

部屋はすっかり茜色《あかねいろ》に染められており、遠くからは烏《からす》の泣き声が聞こえてくる。

起き上がると、大きく伸びをした。どうやら疲れはすっかりと抜けているようで、ずいぶんと身体が軽くなっている。

「それにしても……見事な夕焼けですねぇ」

悠志郎はひとりごちて呟くと、鮮やかな夕陽に誘われるように部屋を出た。

縁側から人気のない境内へ向かう。そこには昼間とはまた違った風情が感じられる。子供の頃は、よくこんな夕暮れの境内で遊んだものだ。

そう思い出しながら辺りを見まわした時……。

「うん。それでその子はどうなったの？」

「バッチリ先生に怒られてた」

「わぁ、なんか美月に似てるね、その子」

「あははっ、言えてる。遅刻以外にも忘れものとか色々と……」

社務所の裏手から話し声が聞こえてくる。

何気なく声のする方に近付いてみると、そこには柚鈴と……もうひとりの見知らぬ少女が楽しそうに話をしていた。どうやら柚鈴の友人のようだ。

対人恐怖症といえども、家族や特定の友人は平気なのだろうか？

それまで見たことのない笑顔を浮かべる柚鈴に、悠志郎は思わず声を掛けるのを躊躇ってしまった。学校に行っていないという彼女にとって、友人との会話を楽しむのは貴重な時間に違いないのだろうから。

そう考えた悠志郎がそっと踵《きびす》を返そうとした時。

「あっ……」

不意に振り返った柚鈴と目が合った。

彼女も悠志郎に声を掛けるべきか、迷ったような表情を浮かべている。

「あ……えっと……」

「どうしたの？　あら……あの人とお知り合い？」

一緒にいた少女が柚鈴の様子に気付いて、不思議そうに悠志郎を見た。

「ご、ごめん……私、今日は帰るね」

「あ、柚鈴ちゃん？」

少女が問う間もなく、柚鈴は彼女と悠志郎にペコリと頭を下げると、母屋の方へと走り去ってしまった。

……立ち去るのが遅かったようですねぇ。

悠志郎は自分の迂闊さを呪《のろ》った。邪魔をしないようにと思ったのだが、結果的には彼女たちの楽しい時間を奪うことになってしまったようだ。

境内には、悠志郎と柚鈴の友人らしい少女が取り残された。

やれやれ……と肩を竦《すく》ませてみせると、少女は意外にも悠志郎に向かって近寄って来た。

人懐っこい笑顔と、ハイカラで知的な感じのする衣装が印象的な娘だ。

「こんにちは」

「こんにちは。柚鈴さんのお友達ですか？」

「はい。幸野双葉《ゆきのふたば》と申します」

「私は嘉神悠志郎。秋祭りまでの間、ここのお手伝いをさせて頂いています」

「あ……そうなんですか。小父様が身体を壊してしまってから、鈴香さんがひとりで切り盛りしていましたものね」

悠志郎の素性が分かると、わずかに感じられた警戒の口調が消えた。いや……というより、むしろ喜んでいるようにも見える。

「それにしても、どうして私に声を？」

「大事な話し相手を誰かさんのおかげで逃がしてしまいましたから」

「おっと……これは手厳しいですね」

友人だけに、柚鈴の対人恐怖症については知っているようだ。

悠志郎が苦笑すると、彼女——双葉はくすっと表情を和ませた。

「冗談ですよっ。本当は嘉神さんに興味があるからです」

「私にですか……それは何故に？」

「ん〜、まず柚鈴ちゃんの反応が普段と少し違ったからですね。嘉神さんの姿を見た時、まったく知らない人を見た時の反応よりも穏やかな感じがしたからです」

「ほう……いつもはどんな感じなのです？」

興味を覚えた悠志郎が問うと、

「うーん、脱兎《だっと》の如《ごと》く母屋へ逃げちゃいます」

双葉はそう言って苦笑した。

なるほど……そう言えば、一番最初に会った時はそんな反応だったような気がする。

「なのに柚鈴ちゃん、さっきは嘉神さんに挨拶《あいさつ》をしてから行ったでしょう？　だから、お知り合いなのかなと思いまして……」

「それだけですか？」

「それに、あの柚鈴ちゃんの反応が違う人物となれば面白そう……あ……」

　つい口を滑らせた……という感じで、双葉は慌てて口元を手で押さえた。

「それが本音ですね？」

「あちゃ……えへへ、ごめんなさい」

　双葉はぺろりと舌を出した。

「まぁ、いいですけどね。でも私は別に面白くもなんともないですよ」

「そんなことありませんよ。嘉神さんはちょっと変わった人っぽいですよ。どことなく謎《なぞ》めいた雰囲気がありますし……」

　そう言って、双葉はまじまじと悠志郎を見つめた。

　謎めいた雰囲気がある……などと、人から言われたのたは初めてだ。

「時に嘉神さん」

「ああ……名前で結構。悠志郎と呼んでください。その

方が落ち着きます」

「かっこいい名前ですねっ」

「それはどうも」

どう応《こた》えてよいか分からず、悠志郎は軽く手を上げた。

「じゃあ、私も双葉と呼んでくださいな」

「可愛らしい名前ですね。似合っていますよ」

「それはどうも」

双葉は悠志郎を真似《まね》て、軽く片手を上げて応える。

その様子を見て思わずぷっと吹き出してしまった。

「ははははは。いやいや双葉さんは面白い子ですね。あなたのような子は好きですよ」

「ありがとうございます。あっ、もうこんなに陽《ひ》が……」

そう言われて顔を上げると、夕陽は山の向こうに姿を隠そうとしていた。

すでに辺りは薄暗くなりつつある。秋の陽はつるべ落としと言うが、随分と日の暮れるのが早くなったものだ。

「もうそろそろ帰らなくちゃ……。悠志郎さん、また来てもいいですか？」

「ええ。かまいませんよ。私は大抵ここの社務所におりますから」

「そっか……。あ、悠志郎さんは何処からおいでなのですか？」

「帝都から参りましたが」

「帝都から⁉」

一段と声のトーンが上がった。

どうやら「帝都」という言葉に反応したようだ。地方には帝都に憧《あこが》れを抱く者が多いと聞いていたが、どうやらこの娘もそうらしい。

「あ、あのっ……帝都ってどんなところですかっ⁉」

「どんなところと言われても、帝都は広いですからねぇ。まぁ、ここよりもずっと賑《にぎ》やかな街がいくつも集まった感じと言えばいいでしょうか」

「あーん、それじゃよく分からないですよ。もっと具体的に……」

「参りましたね。ならば質問も具体的にして頂かないと」

「あ、そっか……うーん……うーん……」

双葉は両腕を組んで、考え込んでしまった。

どうやら訊きたいことが多すぎて、上手く質問ができないようだ。

「まぁ、慌てずに。私は秋祭りまでは滞在するのですから」

「そうですよね……分かりました。またお話を伺いに来ますっ！」

「ええ。お待ちしておりますよ」

「それでは、ごきげんようっ！」

元気よく言うと、双葉は軽く手を振り、石段を駆け下りていった。

人見知りする柚鈴の友達というだけのことはあって、どこか変わった娘だ。悠志郎は彼女の後ろ姿を見送りながら、そっと溜め息をついた。

第二章　有馬家の人々

「ですから……存じないと先程から申しているではありませんかっ」

双葉と別れて母屋に戻ると、玄関の方から穏やかならぬ声が聞こえてきた。

そっと玄関の方を窺《うかが》ってみると、そこには見知らぬ男ふたりを相手にした鈴香の姿があった。なにやら苛《いら》ついた様子で男たちを睨《にら》みつけている。

「どんな些細《ささい》なことでもいいんですよ、ご存じないですか？」

「事件が起こっているのはこの境内近くなわけでしてねぇ。神事に携わる人間を疑うのは私たちも気が引けるのですが……」

「その台詞……もう八回も伺いました」

「ですから一度署の方にお越し頂いてですね……」

「そうそう。万が一と言うこともありますし」

「いいかげんにしてくださいっ」

いつもの穏やかな様子とは違い、鈴香の口調には明らかに怒気が含まれている。

事情はよく分からないが、彼女がどうして苛立っているのかは会話を聞いているうちに理解できた。男たちは言葉こそ丁寧だが、何度も同じことを繰り返し、まるで鈴香を怒らせようとしているかのようだ。

その態度は慇懃《いんぎん》無礼と言ってもよい。

「おや、お客様ですか？」

悠志郎は廊下の角から身を乗り出すと、笑みを浮かべながら玄関の方へと近付いた。

余計なお世話かもしれないが、このまま放っておくのは忍びない。

「悠志郎さん……」

鈴香は悠志郎を見て、驚いた表情を浮かべた。

「なにやら、剣呑《けんのん》な雰囲気でしたのでね。こちらの方たちは？」

「……招かざる客、と言ったところです」

鈴香が吐き捨てるように言うと、

「いや、手厳しいですなぁ」

「私たちは警察の者でして……」

ふたりの男は、現れた悠志郎を値踏みするように見つめた。

「ははぁ、刑事さんですか。お役目ご苦労様です」

「失礼ですが……あなたは？」

ふたりのうち、中年の刑事が訊《き》いてくる。

「申し遅れました。私、帝都から参りました嘉神悠志郎と申しまして、しばらくの間こちらにご厄介になります」

悠志郎がそう答えると、刑事たちは互いに顔を見合わせた。

「嘉神さんは……この街にはいつごろ来られたのですか？」

「今日の正午頃《ごろ》ですが、それがなにか？」

「いえ……別に。参考までにお訊きしただけです」

「刑事さんたちはなにを調べておいでなのです？」

「それはですね……」

刑事たちは躊躇《ちゅうちょ》するように口ごもったが、

「この辺りで起きている猟奇事件についてお調べなんです」

鈴香が嫌悪感を隠しきれない様子で言い放った。

「猟奇事件……？」

「はあ……まあ、そういうことです」

悠志郎が問うような視線を向けると、刑事は仕方なくという感じで、この近辺で起こった事件のことを語り始めた。

この街では定期的に若い女性が襲われ、殺害されるという事件が続いているらしい。しかも、その殺害方法は全身から血液を抜いて衰弱死させるという猟奇的なものだ。

最近では特に発生件数が多くなり、地元の警察としては一刻も早く犯人を挙げなければ、威信に関《かか》わるという状況なのだろう。

「……如何《いかが》です？　帝都から参られた方なら、我々田舎警察よりも殺人事件に関する見聞が広いのではありませんか？」

若い方の刑事が、どこか皮肉めいた口調で悠志郎に尋ねてきた。

なにか帝都に対する劣等感でもあるのだろうか？　笑ってはいるが、帝都という言葉を口にする時の表情は、とても友好的なものとは思えなかった。

「しかし……私は素人ですからね」

「なるほど、素人では仕方がない」

若い刑事は、くくくっと喉《のど》を鳴らすように笑った。

中年の刑事が窘《たしな》めるように肘《ひじ》で突つくが、彼はにやにやと笑ったままだ。

こんな相手に対して、これ以上礼儀正しく接する必要などない。

「それで……玄人の刑事さんたち。捜査の方は如何なんでしょうかねぇ？」

「ですから、こうやって目撃情報や詳しい事情を伺おうとやって来ているわけで……」

「ほう、詳しい事情ですか？　鈴香さんは先程から知らないとおっしゃっていますが、はてさて、こちらの警察の方は同じ台詞を何度も聞かないと覚えられないのでしょうか？」

「ちょ、ちょっと……悠志郎さんっ」

悠志郎の毒のこもった台詞に、鈴香は慌てて口を挟んだ。

案の定、若い刑事はムッとした表情を浮かべている。

「……何度か訊けば、思い出すこともあるかもしれないでしょう？」

「何度も同じことを繰り返し訊き、相手を怒らせてボロを出させる。誘導尋問は犯罪捜査ではよく使われる手ですが、それを女性に用いるのはあまり感心しませんね」

「誘導……尋問？」

悠志郎の言葉に、鈴香は刑事たちが自分に対してなにを行っていたのかを知ったようだ。顔を強張《こわば》らせながら、キッとふたりの男たちを睨みつける。

さすがに若い刑事は鼻白んだようなような表情を浮かべた。

「ははは、あなたは神事よりも探偵に向いているかもしれませんね」

中年の刑事が場を和ませるように笑ったが、ここで同調してやる義務もない。

「すみません。まもなく夕食ですのでお引き取り願えませんかね？」

「……そうですね。退散することにしますよ」

悠志郎が突き放すように言うと、中年の刑事は肩をすくめて、くたびれた背広を羽織りなおした。この場は引く気になったらしい。

「あまり警察を甘く見るなよ……」

立ち去る間際に若い刑事が捨て台詞のように囁《ささや》いたが、

「その台詞、犯人を逮捕してから聞かせてください」

悠志郎がしれっと答えると、さすがにそれ以上はなにも言えず、ふたりの刑事は境内を抜けて鳥居の向こうに消えていった。

「はぁ……あなたという人は……」

男たちが立ち去ると、鈴香が全身の力を抜くようには溜《た》め息をついた。

「すみません。余計なお世話でしたか？」

「いえ……正直助かりましたけど……」

「ならよかった。口を出すなと怒鳴られたらどうしようかと」

「まぁ……私、怒鳴ったりしませんわ」

鈴香は心外そうに言う。

「おや、先程は喉元まで出かかってましたよ？」

「あっ……あれは……」

悠志郎の指摘に、鈴香はわずかに頬《ほお》を染めた。

沈着冷静な人だと思っていたが、つき合ってみると意外に表情豊かなのかもしれない。

「しかし……いやな事件ですね」

「ええ、美月にも気を付けるように言わないと」

鈴香はそう言って憂いた表情を浮かべた。

若い女性を狙《ねら》った猟奇殺人。こんなのどかな街で忌まわしい事件が起こっているなど、
悠志郎にはなんだか信じられない気分であった。

翌朝――。

目を覚ました悠志郎は、自分がどこにいるのかを咄嗟《とっさ》に思い出せなかった。

見慣れぬ天井。その天井を見上げているうちに、昨日、有馬神社へとやって来た記憶が徐々に意識の中に広がっていく。

枕元《まくらもと》に置いた懐中時計で時間を確認すると、まだ五時半を過ぎたところだ。

起きるには少し早い気もしたが、来たばかりだというのに、いつまでも寝こけているわけにもいかないだろう。悠志郎はいつもの着物に着替えて布団を片づけると、台所の水場を借りて顔を洗った。

まだ時間が早いので誰《だれ》も起き出してくる様子はない。廊下はひっそりと静まり返り、外から鳥の鳴き声だけ聞こえてくる。

悠志郎は玄関から出て、朝の境内をぶらぶらと歩いてみることにした。

「んー」

外に出て大きく伸びをすると、わずかに残っていた眠気が吹き飛ぶかのようだ。

朝のひんやりとした空気を吸い込みながら、悠志郎は神社の背後にある山々に視線を向けてみた。かすかな朝霧に覆われた山では紅葉が見ごろを迎え、木々はせっせと風に葉を落として冬支度を急いでいる。

「おや……？」

昼間とは違った風景を楽しみながら境内の隅まで来た時、社務所の裏手から、随分と賑《にぎ》やかな鳥の声が聞こえてきた。不審に思った悠志郎がそっと覗《のぞ》いてみると、そこには鳥たちに囲まれた柚鈴の姿があった。

「あははっ、一杯食べてね。昨日の残りだけど」

肩や両手に、そして頭にまで舞い降りた小鳥たち。スズメ、キジバト、シジュウカラあたりまでは分かるが、他にも数種の小鳥たちが戯れている。

悠志郎は、思わずその光景に見入ってしまった。

普通なら決して人間には近付きそうもない小鳥たちが、柚鈴の与えた餌《えさ》を無防備についばんでいるのだ。彼女の銀色の髪が朝日にきらきらと輝いている様子は、まるで美しい絵に描かれた無垢《むく》な天使のようであった。

そんな柚鈴の姿を見て、悠志郎は胸の高鳴りを感じた。

「おはようございます、柚鈴さん」

「きゃっ……」

思わず掛けてしまった声に柚鈴が驚き、ビクリと身をすくませる。

途端、鳥たちは一斉に大空へと羽ばたいていった。

「あ……」

残念そうに空を見上げた柚鈴は、小さく溜め息を付くと、腰を上げながら悠志郎に苦笑いを浮かべてみせた。

「すみません、軽率でしたね」

「いえ……あの子たちには、いつでも会えるから……」

柚鈴はゆっくりと首を振る。悠志郎は鳥たちが飛び去った方角を見ながら、無意識のうちに数歩だけ彼女に近付いた。

「あっ、ま、待ってくださいっ……あの……できればそこで……」

「え……ああ、そうでしたね」

悠志郎は慌てて歩みを止めた。

「ご、ごめんなさい……私……まだ……」

「え……秋祭りって？」

「ゆっくりでいいです。まだ秋祭りまで日もありますしね」

「私がここにいられるのは、秋祭りが終わるまでですからね」

「え……そう……なんですか……？」

どうやら詳しい話を聞かされていなかったらしい。悠志郎が滞在する期間を告げると、柚鈴は意外そうな表情を浮かべた。

「元々は鈴香さんのお手伝いで呼ばれた身ですからね。祭りが終われば、お別れです。ですから、柚鈴さんとはもう少し色々とお話ができるようになると嬉《うれ》しいですね」

「あ……う……そんな……」

柚鈴は泣きそうな顔で悠志郎を見つめた。

彼女が対人恐怖症を克服するには、秋祭りが終わるまでというのは短すぎるだろう。

このまままろくに話もできないままここを去らねばならないとしたら、それは悠志郎にとっても辛《つら》いことであった。

「……んっ、えいっ」

不意に、柚鈴は悠志郎に向けて一歩踏み出した。

「う……私……うくっ……が、頑張りますからっ……ひっく……だから……」

「柚鈴さん？」

「きっと……変な子だと思われているでしょうけど……でも……私、どうしようもなくて……せっかく……悠志郎さんが話し掛けてくれているのに……」

ギュッと両手を握りしめながら、柚鈴は必死になって恐怖に耐えている。それでも彼女はもう一歩、もう一歩と悠志郎に応《こた》えるために近付こうとしているのだ。

「柚鈴さん、無理をしなくても……」

そんな柚鈴が健気《けなげ》で、悠志郎は思わず彼女に近寄ろうと足を踏み出した。

「いやぁっ！　だ、駄目っ……！」

「っ……と」

慌てて立ち止まったが、その時はすでに彼女の限界を超えていたらしい。

「ごめんなさいっ……！」

柚鈴は慌てて身をひるがえすと、申し訳なさそうな顔をしたまま母屋の方へと駆け出して行った。

「いやはや……」

悠志郎は後悔の溜め息をついた。

こうなると分かっていたはずなのに、つい身体《からだ》が前へ出てしまった。

ひとり取り残された境内の風景は少し寂しく……見上げた朝日が目に染みた。


「あら、悠志郎さん。起きてらっしゃったんですか？」

母屋に戻ると、台所から顔を出した葉桐が驚いた表情を浮かべた。

「ええ……早く目が覚めてしまったので、散歩に行って

きたところです」

「そうですか。朝食の支度ができましたので、今呼びに行こうと思っていたところなんですよ。居間にいらしてください」

「はい、すぐに参ります」

悠志郎が頷《うなず》くと、葉桐はぱたぱたと再び台所へと戻って行く。

まだ会話らしい会話はしていないが、割と気さくな女性のようだ。鈴香の話によると一哉の後妻らしいが、見掛けはかなり若く見える。

もしかして、それが鈴香のほのめかした複雑な家庭事情の原因なのだろうか……などと考えながらある部屋の前まで来ると、

「すか〜〜っ、すか〜〜っ」

室内から、乙女というにはほど遠いいびきが聞こえてきた。

確か……ここは美月の部屋だったはずだ。あの威勢のよい美月の姿を思い出し、あまりにも似合いすぎるいびきの音に、悠志郎は思わず失笑してしまった。

確か学校の昼休みに戻ってきた際にも昼寝をして、柚鈴が起こすのにかなり手間取っていたはずだ。一度寝たら、なかなか起きないタイプなのだろう。

「ふむ……」

このまま寝吹いていては、また登校時間ぎりぎりになって慌てるのは目に見えている。

余計なお世話と承知しながらも、悠志郎は障子越しに声を掛けてみることにした。

「美月、朝ですよ。起きてください」

しかし、柚鈴に揺すられても起きようとはしなかった彼女が、この程度で目を覚ますとはとても思えない。案の定、聞こえてくる寝息にはなんの変化もなかった。

「さて……どうしたものか」

放っておいてもいいのだが、一度やりかけたことを途中で止めるのも面白くない。

一計を案じた悠志郎は、軽くせき払いをすると、喉に手を当てて声の調子を変えてみることにした。昨日の様子からして、美月が鈴香を苦手としていることは明らかだ。

だったら、鈴香の声色なら起きるかもしれない。

「美月、起きなさい。何時だと思っているんですか」

さすがにそっくり……とはいかないが、かなり特徴を掴《つか》んだ声だ。

起き出してこそこなかったが、美月の寝息が少し変わったような気がする。後もう一押しというところだろう。

「随分とよいご身分だこと。お帰りになったらちょっとお話があるのですけど」

「ひっ……！　ご、ごめんなさぁいっ」

ついに、美月が飛び起きたようだ。

布団をはね除《の》け、どたばたと室内を走りまわる音が聞こえてくる。

「布団から出たらきりきり着替える」

「あうっ、は……う？」

「まったく……いつもこうなんだから。大変ね、あなたをお嫁にもらう人は……」

「そこかぁぁぁっ！」

ガラッ！

勢いよく障子が開くと、美月はそこにいた悠志郎をめがけて蹴《け》りを入れてきた。まどろんでいる時はともかく、さすがに目覚めた後までは声色に騙《だま》されなかったようだ。

「……朝から元気ですね、美月さん」

美月の蹴りを受け止めながら、悠志郎は笑みを浮かべる。

「その気色悪い声真似《こえまね》やめなさいよっ！」

受け止めた足がふわりと離れた瞬間、膝下《ひざした》が不規則な軌道を描いて、再び悠志郎に襲い掛かってくる。武術でもやっているのかと思えるほど鋭い蹴りだ。父親から武芸一般を仕込まれていなければ、とても受け止めることはできなかっただろう。

「くっ……あたしの蹴りを全部止めるとはなかなかやるじゃない」

「本気で殺意を感じたんですけど……」

「あたりまえでしょっ！　至上最悪の朝よっ！」

美月はそう言うと、今度は鉄拳《てっけん》を振るってきた。

「おわっ！　あ、危ないではないですかっ」

「やっかましいっ！　あたしの全身全霊を掛けて、今ここで死なすっ！」

美月が低く構えて再び蹴りの姿勢に入ろうとした時。

「朝から元気だこと……」

悠志郎の声色ではなく、正真正銘の鈴香の声が廊下に響いた。

「ひっ……！　ね、姉さま……」

「随分女の子らしい仕草だこと……。まるで大和撫子《やまとなでしこ》の鑑《かがみ》ですわね」

「あ、あうっ……だ、だってっ、悠志郎がっ！」

美月は慌てて姿勢を正すと、泣きそうな顔になって言い訳の言葉を口にした。

その様子を見て、鈴香はふぅーっと溜め息をつく。

「あなたが起きないことに原因があるのでしょう？

……まあ、いいわ。とりあえず着替えなさい。学校が終わった後でたっぷりとお話があります」

「ひぃんっ！」

なんだかかえって悪いことをしたような気もするが、原因の大半は美月自身にあるのだから致し方ない。悠志郎は美月の報復が来る前にこの場を立ち去ろうと後退《あとずさ》ったが……。

「悠志郎さん」

「は、はいっ！　なにか……」

静かな鈴香の声に呼び止められ、悠志郎はその場で硬直した。

「今日から仕事を手伝っていただきますが、私の方は少々用件が込み入っておりまして、いろいろとご面倒をおかけすることになると思います」

「は……承知しました」

「それでは失礼」

鈴香は悠志郎と美月に背を向けると、そのまま何事もなかったように廊下を歩いていく。

なんだか妙な威圧感のある人だ。

悠志郎は美月と視線を合わせると、肩をすくめて見せたが……。

「ふーんだっ、あっかんべーっ」

彼女は悠志郎に対する敵意をなくしてはいなかったようだ。

「あの……後ろを見た方がよろしいですよ」

「あ……」

悠志郎の指摘に、美月はあっかんべーの体勢のまま全身を凍らせた。彼女のすぐ背後には、いつの間に戻ってきたのか、鈴香が表情を強張らせて妹の様子を見つめている。

「あなたという子は……」

むんずと襟首《えりくび》を掴んだ鈴香の目に、見た者を萎縮《いしゅく》させるなにかが浮かんだ。

「わ〜っ！　や〜〜っ！　許して姉さま〜〜っ!!」

「………………」

哀願虚《むな》しく、美月はずるずると悪戯猫《いたずらねこ》のように部屋へと引きずられていった。あの手の人が無言になることほど恐ろしいことはない。

自分も接し方には十分気をつけようと誓う悠志郎であった。


朝食後、悠志郎の有馬神社での仕事が始まった。

秋祭りの準備のため、過去の帳簿をめくりながら数字を抜き出してはそろばんを弾き、今年の規模にそった予算を考えて書き出していく。

基本的には実家で行っている祭りの準備と大差はなかった。

もっとも、悠志郎は初日ということもあってかなり楽な仕事を与えられている。

一番重要で面倒な、役場やテキ屋等《ら》との打ち合わせは鈴香がひとりで仕切っているのだ。

一哉が手伝えない以上、鈴香がやらなければならないのは当然だが、たまに訪れる参拝客にお守りやおみくじを売りながら、黙々と自分の仕事をこなしている。

その姿を見ると、自分より年下なのにたいしたものだ……と思わざるを得ない。

トントン。

不意に社務所の扉が叩《たた》かれた。

「あ、あの……っ」

裏手にある入り口から姿を現したのは、帳面を抱えた柚鈴であった。

「柚鈴……どうしたの？」

鈴香が意外そうな顔をして柚鈴を見た。普段ならともかく、悠志郎がいることを承知で社務所に顔を出すとは思わなかったのだろう。

「あの……えっと……姉様……ちょっと、いいかな……？　勉強、分からないところがあって……その……っ」

「え、ええ……じゃあ、ちょっと待ってちょうだい。すぐ部屋に行くから」

「ううん……ここでいいよ……」

「だって……」

鈴香はちらりと悠志郎を見た。

鈴香がなにを気にしているのか悠志郎にも理解できた。本来なら気を利かして席を外すべきなのだろうが、仕事中の身としてはそうはいかない。

「……本当にここでいいの？」

「う……ん、いいよ……」

鈴香の問い掛けに、柚鈴はしっかりと頷く。

「じゃあ、そこで……」

柚鈴はこくりと頷くと、鈴香が指差した入口に一番近い長机へ腰を下ろした。

なにやら落ち着かない様子でもじもじと身体を動かしながら、時々、悠志郎の方をちらりと見る。だが、視線が合うと慌てたように俯《うつむ》いてしまう。

「それじゃ悠志郎さん。しばらく窓口の方お願いできますか？」

「心得ました」

悠志郎がそう答えると、鈴香は柚鈴の隣に座って帳面を覗き込んだ。

「それで、何処《どこ》が分からないの？」

「えと……ここの問題なんだけど……」

「ここはね……この主人公の気持ちを追うと分かるはずよ。例えば……」

どうやら国語の問題らしい。

鈴香の教え方はとても丁寧で要点を押さえたものであった。ちゃんと説明の基礎も理解しているようで、柚鈴が何処が分からないのかを的確に把握しているらしい。

これなら柚鈴が学校に行けなくても学業に支障はなさそうだ。だが、いくら勉学ができたとしても、人が集まる場所でしか学べない大事なことがあるのも確かなのである。

「……と、こうなります。分かった？」

「あっ……えと……ご、ごめん……もう一回お願い」

「ふぅ……。やっぱり柚鈴の部屋に行きましょう？」

「だ、駄目っ！」

鈴香の提案に、柚鈴はいきなり大声を上げた。

「柚鈴……？」

「あ……ごめんなさい……えと……お願い……姉様、ここがいいの」

「言い出すと聞かないわね、柚鈴は」

鈴香は諦《あきら》めたように言うと、再び最初から説明を始めた。

そうして小一時間ほどが経《た》った頃、ようやく疑問点が解消されたのか、柚鈴は鈴香に礼を言って社務所を出て行った。

「お手数おかけしました。売り子、代わります」

「あ、終わりましたか？」

「ええ。なんとか」

「すみません。私、席を外した方がよかったですね」

柚鈴がなかなか集中できない理由が自分にあることを承知していた悠志郎は、なんだか申し訳ない気分になった。

「いえ、そんなことありません。それに悠志郎さんが席を外してしまうと売り子がいなくなってしまうではありませんか」

「はあ……」

だからこそ敢《あ》えて居座り続けたのだが、そう簡単に割り切れるものでもない。

「それに……悠志郎さんがここにいることが、あの子にとって一番大事だったのでしょう。あの子なりに、頑張って悠志郎さんに応えようとしているんだと思います」

「私に応える……？」

「悠志郎さんみたいに、何度もあの子に話し掛けた人は、他にひとりしかいません」

悠志郎は昨日出会った少女のことを思い出した。

鈴香の言っているひとりとは、おそらくあの双葉という娘のことなのだろう。

「悠志郎さんは、あの子の体質を知った上で何度も笑いかけていたではありませんか？」

「はは……どうにも、不憫《ふびん》に思えましてね」

ある意味では失礼な言い方かもしれないが、悠志郎は正直にそう答えた。

「同情だけでもかまいません。どうかあの子のこと、見捨てないでやってください」

「見捨てるだなんて……そんなことしませんよ。柚鈴さんがいやがっていないのなら、私は今まで通り変わりませんよ」

「ありがとうございます」

鈴香はそう言って、頭を下げると少し表情を和らげた。

「……しばらく休憩しましょうか、悠志郎さん」

「いいですね。私も集中力が切れていたところなので」

悠志郎が膝を崩すと、鈴香は笑みを浮かべながら社務所に備えてあるお茶を淹《い》れるために立ち上がった。

途端その身体が泳ぐようにふらついた。

「鈴香さん……大丈夫ですか？」

「え、ええ……少し疲れたようです。ごめんなさい、心配をお掛けして」

考えてみれば悠志郎がやって来るまで、鈴香はずっとひとりで仕事をこなしていたのだ。秋祭りを控え、その仕事量は膨大なものだったに違いない。

「いやはや……もう少し一哉さんも手伝ってくれればいいものを……」

身体を壊していると言っても、まったく起き上がれないわけではないのだ。せめて、帳簿整理だけでも頼めなかったのだろうか？

悠志郎がそんな疑問を口にしようとすると、

「それは結構です。あの人の手は借りません」

鈴香はぴしゃりと言い放つ。

その厳しい口調に悠志郎は驚いてしまった。食事の度に家族一同が顔を合わせるが、それほど不仲なようには見えなかった。だからこそ、鈴香の態度が不思議でならない。

「あの……無礼を承知でお尋ねしますが、何故そこまで一哉さんを嫌うのですか？」

口にして気付いたが、鈴香の言葉には一哉に対する嫌悪感が含まれているのだ。

人柄がすべて理解できるほど接したわけではなかったが、さほど性格の悪い人物とは思えなかったのだが……。

「父の……柚鈴に対する態度は……許すことができません」

悠志郎の問いに、鈴香はぽつりと呟《つぶや》くように答える。

「たぶん、あのふたりはこの数年、会話すら交わしてないはずです」

「え……どうしてですか？　血の繋《つな》がった親子でしょうに」

だが、言われてみれば、確かにふたりが会話している場面を見た記憶がない。鈴香や美月には笑顔で語りかけていたのに……だ。

「血は……繋がっていないんです。柚鈴と父は……」

鈴香は深い溜め息をつくと、淡々と語り始めた。

「あの子は父の血を引いておりません。葉桐さんの血も引いてはいません。今はもう死んでしまった私の母と、見知らぬ男の間にできた……不義の子なんです」

「……………………」

あまりのことに、悠志郎は返すべき言葉を失ってしまった。

「事情は……少し複雑です」

鈴香は少し辛そうな表情を浮かべたが、なお言葉を紡ぐ。

ことの起こりは、この有馬神社の当主であった一家が突然失踪《しっそう》したことに始まったらしい。その宮司のいなくなったこの神社を遠縁の一哉が継ぐことになり、その際に鈴香や柚鈴の母となった女性と結婚することになった。

それは互いに望んだ結婚ではなかったが、それでも鈴香が生まれた頃は平穏であったようだ。だが、その平穏も束の間のことであった。

「結局……父の心は母にではなく葉桐さんに向いていたようです」

望まぬ結婚を押しつけられる以前、一哉は葉桐と恋仲だったらしい。一度は親族の指示に従ったが、月日が流れるにつれて鈴香の母親から心が離れていったのだろう。

そして、不幸な婚姻を決定付ける出来事が起きた。

「多分……私が四つの時です。母が……見知らぬ男に乱暴されているところを見ました。その時は怖くて……母がいじめられているのだと思い、助けも呼べずにがたがたと震えているしかありませんでした」

その時、母がなにをされていたのかを知ったのは、鈴香が成長し、それなりに物事を知った後のことだったという。

「それから十月《とつき》が過ぎて……母は柚鈴を生みました」

生まれたのは、銀色の髪をした赤子。

鈴香の母親は半狂乱になったと言うが、それも致し方ないことだろう。名も知らぬ男の子を身籠《みご》もり、産まざるを得なかった彼女の気持ちを考えると、神罰が下ったと思い込んだのも無理はない。

「母はまだ乳飲み子の柚鈴を残して、すぐに他界しました。今から考えれば心労が祟《たた》ったのでしょうね。父の情もとっくに尽きていた様ですから……」

残された柚鈴に親はなく、代わりに鈴香が育てたようなものだったのだろう。

母を亡くし……父の気持ちは他の女性に向いている状況では、鈴香にとっても柚鈴はたったひとり残された家族だったに違いない。

「みっともない話です。言わば門外不出の……有馬家の恥部でしょうね」

自嘲《じちょう》気味に笑うと、鈴香はふうっと息をつく。

ふと訪れた沈黙を破るように、社務所の時計が午後三時の鐘を鳴らした。

「……そろそろ仕事に戻りましょう。また気が向けば、お話するかもしれませんが」

「鈴香さん……」

話を打ち切ろうとする鈴香に、悠志郎は敢えてひとつだけ質問した。

「訊いておいてなんですが……何故私に話してくれたのですか？」

「……柚鈴が信頼した相手だから」

鈴香はわずかに首を傾げて笑う。

「人一倍人見知りする柚鈴が懐いた人ですもの。きっと信頼できる人ですよ」

「……私を買いかぶっていませんか？」

「ふふふ……それにね、私は疲れていたの。だから、重い口がつい、ふっと愚痴を漏らしてしまったのかも。あははっ……なんだか気が楽になっちゃったな……」

そう言って笑う鈴香は、年相応の可愛《かわい》らしい女の子だった。

その表情を最後に鈴香はいつもの彼女に戻っていったが、今までよりもずっと優しげな表情に見えたのは、悠志郎の気のせいではなかっただろう。

第三章　外の世界へ

悠志郎が有馬神社に来てから数日が過ぎた。

その日の仕事を終えた悠志郎は、いつものように鮮やかな夕陽に誘われて、社務所の裏手を上ったところにある土手までやって来た。

つい先日見つけた場所だが、ここからだと街が一望できるのだ。

ここに来た時に降り立った駅や、そこから延びる路線。風にそよぐ稲穂。夕陽に照らされた街並みなどが見事な景観を作り出している。

この数日、ここで暮れゆく街を眺めるのが悠志郎の日課になっていた。

悠志郎は土手に腰を降ろすと懐からハーモニカを取り出し、両手で押さえて口に咥《くわ》える。

これも毎日のことだ。ハーモニカを吹いていると不思議と気持ちが安らぐ。たとえ哀《かな》しくても腹立たしくても、すべてが消え去ってしまうようで心地よかった。

子供の頃《ころ》、父親からもらった古いものだが、やはりこんな街並みが見える場所で、根気よく上手に吹けるまで教えてもらった記憶がよぎる。

あちこち傷付いてしまってはいるが、悠志郎の数少ない大切なもののひとつだった。

さすがに家の中で吹くことは憚《はばか》られたが、ここなら誰《だれ》に遠慮する必要もない。

悠志郎は大きく息を吸い込み、静かな曲を奏でていった。

「……ふう」

一曲吹き終わった時、悠志郎は背後に人の気配がするのに気付いた。

振り返ると、そこには柚鈴の姿がある。

「柚鈴さん……？」

「綺麗《きれい》で……それでいて力強い。でも、どこか少しだけ寂しそうな曲ですね」

柚鈴はそう言いながら、静かに一歩……また一歩と確かな歩みで近寄ってくる。

あれから彼女は何度も悠志郎に近付こうと努力を繰り返していたが、今日はいつもよりも近くまで来ている。

「柚鈴さん……大丈夫ですか？」

「えっと……あ、あの……今日は……大丈夫かもしれません……あはは……」

柚鈴は苦笑いしながら、とうとう悠志郎の目の前までやって来た。初めて間近でみる柚鈴の顔は、緊張と喜びとが入り交じった複雑そうな顔をしていた。

「あ、あはっ……まだ……かなり……ドキドキしてます」

「無理はしない方がいいですよ」

悠志郎には想像もつかないが、柚鈴にとってはかなり勇気のいることのはずだ。

だが、彼女はぶるぶると首を振る。

「いやっ！　だって……私……このまま遠くからしか悠志郎さんと話せないなんて……そんなのいやだから……早く慣れなきゃ……」

うっすらと涙を浮かべながら、柚鈴は揺れる瞳《ひとみ》で真《ま》っ直《す》ぐに視線を向けてくる。

悠志郎は、その懸命な瞳から目をそらすことができなくなった。彼女の瞳の奥に、遠く懐かしい……柔らかいなにかを感じたような気がしたからだ。

「あ、あの……もう一曲……吹いて頂けませんか……？」

柚鈴がわずかに震える声で言う。

「なにか、もう少しだけ……そうしたら、勇気が出そうで……」

「お安いご用です」

悠志郎は柚鈴に頷《うなず》き返すと、もう一度ハーモニカを咥えて曲を奏でた。

優しい旋律に、柚鈴の表情が穏やかになっていく。ぎゅっと胸の前で重ねていた手、そして肩や全身からも力が抜けていくようだ。

こんなことで柚鈴の力になれるなら、ずっと吹き続けてもいいと思う。

頑張っている小さな少女の手助けができるなら……と、悠志郎は目を瞑《つぶ》って力一杯ハーモニカを奏で続けた。

……やがて曲が終わり、俯《うつむ》いていた顔をそっと上げると、

「え……？」

すぐ目の前に柚鈴の姿があった。銀の髪は夕日を浴びて茜色《あかねいろ》の衣を纏《まと》ったように美しく輝き、悠志郎の目を捕らえて離さない。

少女は薄く涙を浮かべながら、にっこりと微笑《ほほえ》んでいた。

第三章　外の世界へ

「悠志郎さん……ありがとう……おかげで……やっとここまで来れました……」

「頑張って演奏した甲斐《かい》があったというものです」

「嬉《うれ》しいです……」

間近に見る柚鈴の微笑んだ顔は、今まで見たどの表情よりも可愛《かわい》かった。

「もう悠志郎さんが怖くない……だから、側《そば》でいっぱいお話できます」

「廊下ですれ違っても逃げずに済みますね」

「はいっ」

柚鈴はくすくすと笑いながら、そっと悠志郎の側に座り込んだ。

本当に慣れるにはまだ時間が掛かるだろうが、それでもかなりの進歩である。

「ここは……私のお気に入りの場所なんです。夕焼けが綺麗で……」

「ええ、本当にいい眺めだ」

悠志郎が相槌《あいづち》を打つと、柚鈴は眼前の風景に視線を向けた。

「私、ここから色々なところを見るのが好きなんです。汽車が来たなとか……車が通ったなとか。胡麻粒《ごまつぶ》みたいに小さいけれど、行き交う人たちもたまに見えます」

そこまで言って、柚鈴は不意に声のトーンを下げる。

「でも……時々なんだか泣きたくなるくらい悲しくなって……」

「………………」

「あの汽車は、あの車は、あの人たちは何処《どこ》へ行くのでしょう。あのレールは何処へ続いているのでしょう……。ずーっと、ここから眺めては、そんなことを考えるんです」

「籠《かご》の中の鳥……ですか？」

悠志郎が問うと、柚鈴は少し躊躇《ためら》いながら頷いた。

「私……こんなだから、街はおろか学校にだって行けない……。外鳥居の側までは何度か行ったことがあるんです……でも、どうしても鳥居をくぐることはできませんでした。足が竦《すく》んで動かなくなる……」

結果こそ伴っていないが、柚鈴は境内だけの世界から外へと飛び出そうと何度も試みているようだ。だとしたら、それは籠の中の鳥ではない。

自らの意志で飛ぼうとしているのだから……。

「飛び方を知らないだけですよ、きっと」

「そう……かもしれませんね」

柚鈴が自嘲《じちょう》気味に笑った時、近くの木から数羽の小鳥が連れ立って飛び立って行く。その姿を、彼女は羨《うらや》ましそうにじっと眺めた。

「教えますよ……飛び方を」

「え……でも……」

「このままじゃいけないのは分かっているのでしょう？　それに、私が来てから数日しか経《た》っていないのに、もう話せるようになったじゃないですか。だったら……」

「それは違いますっ」

柚鈴は珍しく声を荒げて言った。

「外から来た人で……こうやって話せる様になったのは……悠志郎さんがふたりめです」

ひとりめ双葉でさえ、友達として平気で話せるようになるまで半年近く掛かったらしい。

「悠志郎さんは特別なんです」

柚鈴ははにかみながら言った。

「それに……悠志郎さんは、懐かしいなにか……昔、出会ったような……そんな感じがして……。一生懸命話し掛けてくれて、いつも笑っていてくれたから……だから私……それに応《こた》えなきゃって……頑張ったんです」

「懐かしい……なにか？」

「……ごめんなさい。私、なに言ってるんでしょうね」

柚鈴は恥ずかしそうに頬《ほお》を染めた。

だが、悠志郎も柚鈴に同じようなことを感じていた。ここに来て初めて会ったはずなのに、柚鈴を見ていると、遠い昔から知っていたような感覚になるのだ。

「も、もう……戻りましょうか」

ぼんやりと柚鈴を見つめていると、彼女は恥ずかしそうに身を翻した。頭の隅に引っ掛かったなにかを思い出そうとしていた悠志郎は、そんな柚鈴の言葉にはっと我に返った。

「これで、悠志郎さんとはいつでもお話することができるようになったから……」

「柚鈴さん……もう少し頑張ってみませんか？」

背中を向けた柚鈴にそう語りかけると、彼女はえっ？と振り返った。

確かに悠志郎とは話せるようになったが、それだけでは根本的な解決にはなっていないのだ。悠志郎は、柚鈴に外の世界を見せてやりたかった。

「きっと双葉さんも手伝ってくれますよ」

「でも……私、髪の毛もこんなだから……」

柚鈴は自分の髪をそっと摘み上げた。

もしかすると、彼女が対人恐怖症になった理由は、人とは違う髪の色にあるのかもしれない。外見から人を判断する偏見を持った輩《やから》はどこにでもいるものだ。

「そんな綺麗な髪を馬鹿《ばか》にする者は、私がこらしめてあげますっ」

少しおどけて言うと、柚鈴はくすくすと笑った。

「本当に……ついていてくれますか？　約束……してくれますか？」

「ええ、男に二言はありませんよ」

「じゃ、指切り……」

柚鈴はそっと小指を差し出した。

近付くこともできなかった柚鈴に、まさか触れる時が来るとは思いもしなかった。本当に外の世界を見たいという意志があれば、彼女は変われるはずだ。

悠志郎は柚鈴の柔らかな指に自分の指を絡ませていった。

「えっと……正直こわいです。で、でも……私、頑張ります……」

「柚鈴さんはいい子だ」

悠志郎は、柚鈴の頭を優しく撫《な》でた。

銀色の髪は思っていたよりもさらさらで、とても触り心地がいい。

「あの……もうひとつお願いがあります」

「なんなりと」

「私のことは、柚鈴って呼び捨ててください」

同意する代わりにしっかりと頷き、悠志郎は正面から柚鈴の瞳を見つめた。

「柚鈴……上手《うま》くいけばあなたは呪縛《じゅばく》から解き放たれるでしょう。ですが、いろいろと辛《つら》いことも多いと思います。それは……覚悟の上ですか？」

柚鈴は一呼吸の間、真剣なまなざしで口をつぐんだが、

「お願いします。私を、外の世界へ連れていってください」

力強く……はっきり言い切り、暮れなずむ街に視線を向ける。

「行ってみたい……あの畑の向こうへ……煙を吐いて走る列車が止まる駅へ。買い物もし

てみたいし、学校にだって行きたい」

まだ見ぬ世界に思いを馳《は》せるかのように、柚鈴は街を見下ろしながら小さく呟《つぶや》いた。


神社の境内まで戻ると一筋の煙が立ち上っているのが見えた。

その周囲には鈴香や美月、双葉の姿まである。どうやら、全員で落ち葉焚《た》きを囲んでいるようだ。悠志郎は鈴香は頷き合うと、みんなの方へと向かった。

「わあっ、柚鈴と悠志郎さんだぁ」

悠志郎たちに気付いた双葉が、ふたりに向けて大きく手を振る。だが、なにか違和感を感じたように、その手が不意に宙で止まった。

「え……!?」

同じように振り返った鈴香も、普段の冷静な姿からは想像もつかないほどの驚いた表情を浮かべる。

「え……ど、どうしたの姉様？」

「だって柚鈴……悠志郎さんと……」

鈴香は唖然《あぜん》としたまま、並んでいる悠志郎と柚鈴の顔を交互に見比べた。

驚いているのは美月と双葉も同様であった。ふたりともぽかんと口を開けて、悠志郎たちを見つめている。

「うん……もう、悠志郎さんは平気……」

「ほ、本当に⁉　こいつ悠志郎よ？　柚鈴、分かってるの？」

信じられないという感じで美月が身を乗り出してきた。

「うん、もう大丈夫なんだ。ありがとう美月」

「はぁ……なんかわっかんないなぁ……」

笑顔で答える柚鈴を見て、美月は半ば呆《あき》れたように首を振った後、ふとなにかを思いつ
いたように、キッと悠志郎を睨《にら》みつけた。

「悠志郎！　柚鈴になんか変なことしたんじゃないでしょうねっ⁉」

「べ、別になにもしやしませんよ」

今にも蹴《け》りが飛んできそうな雰囲気に、悠志郎は思わず後退《あとずさ》った。

「だけど……」

「美月、その言葉遣いについて、夕食の後にお話があります」

「わわっ！　ご、ごめんなさい姉様っ！」

相変わらず乱雑な言葉遣いの美月に、鈴香はふうっ……と溜《た》め息をつくと、改めて柚鈴
へと向き直った。

「柚鈴……本当に、もう平気なの？」

「うんっ」

「そう……よかった……」

鈴香は優しげな笑みを浮かべると、悠志郎に頭を下げた。

「悠志郎さん、ありがとうございます」

「いや、本当に私はなにもしていませんよ」

謙遜《けんそん》ではなく、悠志郎自身はそれほどのことをしたわけではない。すべては、柚鈴の努力の結果に過ぎないのだ。

「へぇ～、でもすごいですねぇ。たったの数日間で……」

双葉はもう平気になったということを再確認するように、悠志郎と柚鈴の周りをグルグルとまわった。

「そういえば、双葉さんはいつの間に来ていたんです？」

「ちょっと前です。柚鈴とお話をしようと思ったんだけど……」

「誰かさんが何処かに行っちゃうから、境内の掃除を手伝ってもらっていたのよ」

美月が口を挟むと、柚鈴は申し訳なさそうな表情を浮かべる。

「ご、ごめんなさい……」

「ううん。気にしないで。楽しかったから」

楽しいという双葉の言葉に、美月は妙な顔をした。彼女にとってはなにかの罰で渋々やらされる掃除も、双葉にとっては新鮮な体験なのだろう。

「おや……？」

不意に母屋の玄関が開く音がして、葉桐が手になにかを持って外へと出てきた。

「葉桐さん、どうしたんですか？」

「みんなが揃《そろ》ってるみたいだから、一枚撮らせてもらえないかと思って……」

悠志郎が訊《き》くと、葉桐はそう言って写真機を見せた。写真屋で見るような大型のものではなく、帝都でも持っている人が少ない小型のものだ。

葉桐にこんな趣味があるとは意外な感じであった。

「こんな機会は滅多にないから……あら？」

悠志郎と並んで立っている柚鈴の姿を見て、葉桐はきょとんとした表情を浮かべる。

「ああ……ようやく懐いてくれました」

私は犬かなにかですか？と、頬を膨らませる柚鈴に迫られて苦笑しながら、悠志郎は葉桐に経緯を語った。

「そうですか……。だったら、なおのこと。是非記念に一枚……」

「私は構いませんよ」

表情を和ませる葉桐に、悠志郎は愛想よく頷いて見せた。

過去に巷《ちまた》で流れた「魂を抜かれる」などという風聞は、とっくの昔にな　っている。

その場にいた全員に異存はなかった。

……浮かぬ顔をした鈴香を除いて。

「鈴香？」

ただひとり無反応な鈴香に、葉桐は哀しそうな表情を浮かべる。

鈴香が葉桐のことを快く思っていないのは、いつぞやの話から悠志郎にも理解できた。

普段はさほどでもないが、こういう特別な場合にはその思いが吹き出してくるのだろう。

気持ちは分からないでもなかったが、それではあまりにも大人げない。

「鈴香さん、思い出は大切にするものです……人の思いと同じにね」

悠志郎は鈴香の耳元でそっと囁《ささや》いた。鈴香はしばし押し黙ったままだったが、皆が心配そうに自分を覗《のぞ》きこんでいることを知って、やがてなにかを振り切るように口を開く。

「そう……ですね。分かりました」

わあっと歓声が上がる中、葉桐はホッとしたように笑みを浮かべた。

「……綺麗に撮ってくださいね？」

「はいはい。お任せあれ」

鈴香の言葉に頷きながら、葉桐は三脚を立てて写真機を固定すると、悠志郎を中心に集まってきた皆の写真を何枚か撮った。

「はい、おしまい。現像まで楽しみにしていてくださいまし」

葉桐はそう言って写真機を片付けようとしたが、悠志郎は慌ててそれを押しとどめた。

「今度は私が撮りますから、葉桐さんも入ってくださいよ」

「え……でも……」

葉桐はチラリと反応を窺《うかが》うように鈴香を見た。彼女は同意の言葉こそ口にしなかったが、別にそれほどいやがっている様子もない。

「母さま～。こっちこっち」

「一緒に撮ってもらおうよ」

「はいはい」

娘たちの声にほっとしたのか、葉桐は軽く微笑むと子供たちのいる方へ歩いていく。

「では、悠志郎さんお願いします」

「心得ました」

悠志郎も写真機の扱いについて詳しいわけではないが、焦点を合わせてボタンを押すということくらいは知っている。焦点は葉桐が合わせたままなので、この場合はボタンを押すだけでいいはずだ。

「はいっ、母さまはここ」

「でも、まん中よ……ここ」

中心に座らせようとする美月を、葉桐は戸惑うように見た。

「で、姉様はこっち」

柚鈴と双葉は鈴香を引っ張り出すと、葉桐と並ぶように座らせる。その様子を見て、悠志郎はなるほど……と、ひそかに笑った。

あの娘たちもなかなか粋なことをする。

鈴香と葉桐の間にある隔たりを取り払おうとしているのだろう。

一緒に暮らしているのだから、ふたりの感情には気付いているはずだ。柚鈴も美月も、それなりに心を痛めていたに違いない。

「はいっ、じゃあ……撮りますよ」

悠志郎が声を掛けると、三人娘は困惑した表情のふたりをぐるりと取り囲み、寄り添うような姿勢をとった。

「ねえ……ふたりとも笑ってよっ。せっかくの思い出なんだから」

「うんっ。むすっとしてたら変だよ」

美月と柚鈴に言われ、鈴香は諦《あきら》めたように苦笑を浮かべる。

「ふふふ……だそうですよ、お母様……？」

「そうね……ふふっ……笑わなくっちゃね」

次第に心がほぐれつつあるのか、ふたりはそう言って笑い合った。

複雑な関係であることは間違いないが、同じ家で暮らす家族なのだ。できることなら仲よく過ごしていきたい。そう思う心は互いに同じなのだろう。

「はいっ、行きますよ～。三、二、一、はいっ！」

三人娘に囲まれ、寄り添いながら笑みを浮かべるふたりを中心に、悠志郎は写真機のボタンを押した。


二日後……。

悠志郎は柚鈴と双葉と共に、神社の外鳥居の前にいた。

「っ……ううっ……」

「柚鈴ちゃんっ！」

「思い出してください。柚鈴が、初めて私に向かって歩み始めた時のことを。あれと、同じことをすればいいんです」

外鳥居の外から呼びかける悠志郎と双葉の顔を見つめながら、柚鈴は緊張した表情を浮かべたまま石段の上で全身を強張《こわば》らせている。

外の世界を見たいという柚鈴の、最初の試練だ。

一哉や葉桐、そして一番柚鈴の心配をしている鈴香の許可を得て、悠志郎は初めて彼女を神社の外へと連れ出そうとしているのである。特に難色を示した鈴香には、万が一の場合は命に代えても柚鈴を守ると宣言までしているのだ。

なんとか柚鈴を外へ連れ出してやりたかった。

「柚鈴ちゃん、行こうっ！」

「柚鈴、おいで」

双葉とふたりで手を差し伸べる。

今まで出たことのない世界へ行こうとしているのだ。恐怖は当然あるに違いない。だが、その恐怖に縛られていたのでは、いつまで経っても変わることなどできないのだ。

今の柚鈴に必要なのは、恐怖を乗り越える勇気。

「え、ええ〜〜いっ!!」

悠志郎たちの声に励まされ、柚鈴は恐怖という鎖を断ち切って石段を蹴った。

ぴょんと小さな一歩を踏み出したに過ぎないが、その勢いに揺れた銀色の髪は日差しに輝き、まるで籠の中から解き放たれた鳥の翼の様にも見えた。

「あ……わ、私……私っ！」

「きゃぁっ！　やったぁ、柚鈴ちゃん！」

双葉は柚鈴の両手を握って大喜びしている。

「おめでとう。柚鈴の最初の一歩ですよ」

「あ、あはっ……私……行けましたっ！」

「柚鈴は頑張って自分の力で、籠から出たんです」

「やったぁ……やったぁ……！」

柚鈴は感激に打ち震えるかの如《ごと》く、石段の外の土を踏みしめた。しばらくはまるで腰が抜けたようにその場から動こうとはしなかったが、徐々に慣れてきたのか、少しずつ辺りを歩きまわれるようになる。

「悠志郎さん、これからどうするんですか？」

そんな柚鈴を見て双葉が訊いてきた。

「そうですね……いきなり駅前というのは無理でしょうから、今日はこの辺をのんびりと散歩でもしますか」

「そうですね、いいお天気ですもの。きっと楽しいです」

「柚鈴、それでいいですか？」

悠志郎が確認するように振り返ると、柚鈴はすでにてくてくと歩き始めていた。

黄金に染まる波穂を見ていたかと思えば、急に立ち止まり、駅まで続いている道をじっと見つめたりしている。

「わっ、柚鈴っ！　そんなに急いでいかないで」

悠志郎は慌てて柚鈴の元へと駆け寄った。

外の世界をまったく知らない今の柚鈴は、赤子と同じようなものである。その点を、鈴香からくれぐれも気をつけるように言い渡されているのだ。もし、監督不行届で迷子にでもさせてしまったら、鈴香に叩《たた》き切られることは間違いないだろう。

だが、柚鈴はそんな事情など考えもしないように悠志郎の腕を取ると、

「悠志郎さんっ、あっち行きましょう！　あっち！」

と、ひとりでぐいぐいと進もうとする。

この小柄な身体《からだ》のどこにそんな力があるのか、不思議なほどだ。

「わぁ〜、柚鈴ちゃんどうしちゃったんですかっ？」

「だって……今まで遠くからしか見えなかったものがすぐ近くにあるんだものっ」

双葉の質問に弾《はず》んだ声で答えると、柚鈴は近くにあった電柱を見つけて駆け寄っていく。

「へえ……電柱って、こんなに大きいんだ……」

「うわ、柚鈴！　触ってはいけません！」

悠志郎が制止する間もなく、柚鈴は電柱の表面に触れて手を黒く染めてしまった。

「わぁ……なんか黒いのがっ！」

「遅かったか……電柱には木が腐らないように、タールと呼ばれるものが塗ってあるんで

す。だから、触るとそれがついてしまうんです」

「う……変な匂《にお》い……」

柚鈴は双葉からハンカチを借りてゴシゴシと手を拭《ぬぐ》ったが、タールは石鹸《せっけん》をつけて洗いでもしない限り、なかなか完全には落ちない。

「ふぅん……こんなのが塗ってあったんですね」

「だから、黒いんです」

「ふぅん……なるほど……。あっ！　あれはなんだろう？」

興味深そうに指に残ったタールと電柱を交互に見比べていたが、やがてまた新しいものを見つけたのか、柚鈴は再び悠志郎たちの腕を掴《つか》むとぐいぐいと引っ張り出した。

まるで子供のようだ。

しかし……それも無理はない。悠志郎たちは、実際に触って汚れがついてしまうこと、しかもそれがなかなか取れないものであることを子供の頃に体験している。でも、柚鈴は遠く離れた境内から見下ろすことしかできなかったのだ。

ありふれたものでさえ、柚鈴には珍しいものに見えるのだろう。こんなに生き生きとした柚鈴は初めて見る。

……やはり、外に連れ出して本当によかった。

悠志郎は双葉と顔を見合わせ、お互いに笑い合ってみせた。

だが……。

「あ……」

神社から少し離れた場所まで来ると、柚鈴は不意に足を止めた。立ち止まったまま、身動きひとつしなくなる。

「おや……どうしたんです？」

様子がおかしいことに気付いた悠志郎が顔を覗き込むと、柚鈴は生気のない瞳で呆然《ぼうぜん》と前方を見つめていた。その視点の先を辿《たど》ると、ひとりの妙な男が袈裟《けさ》と笠に身を包み、こちらに歩いて来るところであった。

しゃん……しゃん……。

男の手にした錫杖《しゃくじょう》の鳴る音が微《かす》かに聞こえてくる。

「や……」

「柚鈴……？　どうしたのです、柚鈴っ⁉」

悠志郎の腕を掴んだままの柚鈴の手が、ぶるぶると小刻みに震え始める。そのただならぬ様子に、悠志郎は柚鈴の正面にまわると肩に手を掛けて呼びかけた。

しゃん……しゃん……。

柚鈴は焦点の合わない瞳で前を見つめたまま、悠志郎の言葉に反応も示さない。

「柚鈴ちゃん……？」

双葉も彼女の異変に気付いて声を掛ける。

が、次の瞬間――。

「いやぁぁぁっ!!」

柚鈴は再び悠志郎の着物の袖《そで》を掴んで悲鳴を上げると、そのまま意識を失うように、かくんと腕の中に倒れ込んできた。

「柚鈴っ!?」

慌てて抱え込むと、すでに柚鈴は意識を失っていた。

しゃん……しゃん……。

男が近付いてくる。修行の僧なら通行人に挨拶《あいさつ》くらいはするはずなのに、男はまるで悠志郎たちが目に入らないかのように無言で通り過ぎていく。

笠の中は暗く、どのような顔だちをしているのかはまったく分からなかったが、その男が横を通過した瞬間、背筋になにか冷たいものが駆け抜けていった。

……笑った？

男は確かに笑っていた。悠志郎が慌てて振り返ると、

僧形の男は何事もなかったように錫杖を鳴らしながら去っていく。

その背中からは、何故か禍々《まがまが》しいものが感じられるかのようであった。

「悠志郎さん……柚鈴ちゃんは、どうしたんですか？」

「双葉……さん……」

「それに……なんだか、悠志郎さんも怖い顔をしています」

言われてみると確かに顔が強張っていたようだ。額からは大量の冷や汗が噴き出している。悠志郎は柚鈴を抱えたまま、片手の袖で汗を拭った。

その時——。

柚鈴の懐から、ころりと琥珀色《こはくいろ》をした石が転がり墜ちる。拾い上げてみると、どうやら首飾りのようであった。

……柚鈴がこんな首飾りをしているところを見たことがないな。

「悠志郎さん？」

「あ、いえ……なんでもありません」

綺麗な琥珀色の首飾りに思考を奪われていた悠志郎は、双葉の言葉で現実に戻ると、とりあえず拾い上げた首飾りを懐に入れて、柚鈴の身体をそっと抱え直した。

「双葉さん……柚鈴が人と出逢《であ》った時、気絶までしたことはありましたか？」

「いいえ、初めてです」

柚鈴を見つめていた双葉は、悠志郎の質問にゆっくりと首を振った。

「いつもなら脱兎《だっと》の如く逃げてしまいますから。でも……さっきは、なんだか蛇に睨まれた蛙《かえる》みたいに見えました」

「そうですか……」

一体、なにが起こったというのだろう。

あの男と……なにか関係があるのだろうか？

悠志郎はもう一度振り返ると、すでに遠ざかり、小さくなった男の後ろ姿を見つめた。


夕暮れ時……。

双葉と別れた悠志郎と柚鈴は、ふたりで神社の長い石段を登っていた。

あれから柚鈴はすぐに目を覚ましたものの、倒れる前後の記憶がすっぽりと抜け落ちており、あの僧とおぼしき男と出会ったことはまるで覚えていなかった。

妙な出来事ではあったが、柚鈴が外へ出ることに対する意欲を失わなかったのが救いだ。

もう一度外へ行こうと言い出す柚鈴に、またいつでも連れて行くという約束で家に戻ることに同意させたほどであった。

……しかし、あの男……妙に気になる。

柚鈴の反応だけではない。悠志郎は、あの僧形の男にどこかで会ったことがあるような気がしてならなかった。

だが、それがいつのことであるのかは、まったく思い出せないのだ。

「ん……？」

遠い記憶を探っていた悠志郎は、ふと自分を見つめている柚鈴の視線に気付いた。

「柚鈴、どうしました……？」

「あっ……あの……えっと……い、いえっ！　なんでも……ないです……」

柚鈴は大きく首を振ると慌てて俯いた。そんな彼女の頬が赤く染まって見えるのは、夕陽のせいだけではないようだ。柚鈴は時折ちらちらと悠志郎を見るが、目が合うと恥ずかしそうにまた視線を逸《そ》らしてしまう。

……これじゃ、まるで好きあった者同士のようじゃないか。

悠志郎は自分の思いつきに動揺してしまった。

「あ、ああ……そうだ」

悠志郎はなんとなく妙になってしまった雰囲気から逃げ出すかのように、懐から琥珀の首飾りを取り出した。

「これを……さっきあなたが落としたものです」

「あ……」

柚鈴は首飾りを受け取ると、大事そうに両手で包み込んだ。

「これは……母様の形見なんです」

柚鈴を産んですぐに亡くなった本当の母親——沙久耶《さくや》のことは鈴香から聞いていた。

葉桐を自分の母親だと認めてはいても、やはり心のどこかでは、顔も知らない実母に対する思慕の想《おも》いを捨てきることができないようだ。

「お守り代わりにいつも持っているんです」

「そうですか……では、大切にしないといけませんね」

「はい」

柚鈴は笑顔で頷き返すと、首飾りをそっと懐に入れた。

その後も無言のまま、ゆっくりと柚鈴の歩調に合わせて家路をたどる。言葉こそないけれど、こうしてふたりで歩いているだけで、なんだかとても温かな気持ちであった。

ふと袖になにか触れるのを感じる。見ると柚鈴はさっきまでそうしていたように、そっと悠志郎の袖を握っていた。

「柚鈴……？」

「あの……やっぱり……こうしていた方が……私……あの……駄目でしょうか……？」

柚鈴の可愛い仕草に、とくん……と悠志郎の胸が高鳴った。返事の代わりに、袖を掴んだ小さな手を握りしめる。

「あっ……ゆ、悠志郎さん……」

柚鈴の温かな手の感触に、胸の高鳴りがなんだか大きくなっていくような気がする。

真っ赤になって俯いてしまった柚鈴は、いやがる様子もなく悠志郎の手をきゅっと握り返してきた。


その日の夜遅く――。

自室にいた悠志郎は、絶体絶命の危機に陥っていた。

「ぐっ……ぬぉっ……」

今までこんな失態を犯したことはなかったのだが、ついつい柚鈴のことや夕暮れ時に会った男のことなどを考えていて忘れてしまっていたのである。

皆が寝静まってしまう前に便所に行くことを……。

相手が人間であれば肝の据わった対応も見せる悠志郎だが、唯一、魑魅魍魎《ちみもうりょう》や怪談の類《たぐい》はからっきしであった。

特別に理由があるわけではない。

我ながら情けないと思うのだが、理屈ではなく、夜や暗闇《くらやみ》が恐《こわ》いのだ。

だが、生理現象はそんな悠志郎の思いなど微塵《みじん》も考えてくれはしない。脂汗をかきながら、誰かが起き出して来るのをひたすら待つしか手立てがなかった。

「おお……うご……ぬぉぉ……！」

そろそろ我慢も限界に達しようという時。

「悠志郎さん⁉　どうしたんですか、悠志郎さん⁉　入りますよ？」

部屋の中で妙な呻《うめ》き声を上げる悠志郎に気付いたのだろう。

不意に障子が開いて、柚鈴が姿を見せた。

「きゃぁっ！　悠志郎さんっ！」

部屋の中でのたうちまわっている悠志郎を見て、柚鈴は悲鳴を上げた。

「おお、神よ……私の願いを聞いてくれたのですね」

「悠志郎さんっ！　いったいどうしちゃったんですかっ‼　お、お医者様を……」

「いや……柚鈴……どこにもいかずに私の話を……」

慌てて部屋を出ていこうとする柚鈴を、悠志郎は必死に呼び止める。

「だって……だってっ……悠志郎さんがっ！」

「た、頼みます……一生に一度の願い……聞いて頂けませんか……？」

悠志郎は掠《かす》れた声で、柚鈴に後生の願いを告げた。

……二分後。

「ゆ、柚鈴？　そこにいますか？」

「もうっ……もうっ……！　ちゃんといますっ！」

「ダメですよ？　そこからどっか行っちゃダメですよ⁉」

便所の外から聞こえてくる柚鈴の声に安堵《あんど》しながら、悠志郎はようやく用を足すことができた。限界まで我慢していたので、いつもより長く時間が掛かる。

「もう……は、早くしてくださいっ！」

「ああ、柚鈴もしたいのですか？」

「違いますっ‼」

「そんなに怒らないでくださいよ、私にとっては生死に係《かか》わる問題だったんですから」

やっと便所から出てきた悠志郎は、隣にある手水で手を洗った。

「怒りますっ！　もう……私……本当に心配したのに」

「だから何度も謝っているでは……うわっ！」

不意に柚鈴の背後……母屋の方で影が動く。

驚いた悠志郎は、思わず目の前にいた柚鈴に抱きついてしまった。

「もう、夜中になにやってんのよ？」

現れたのは幽霊でもなんでもなく、悠志郎たちの声に気付いた美月だったようだ。

「まったく……痴話喧嘩《げんか》なら明日にしてよね」

「ち、ちがぅっ！　そんなんじゃないもんっ！」

「どこが違うってのよ」

美月は抱きついたままの悠志郎を冷ややかな目で見つめる。柚鈴はようやく気付いたように、慌てて悠志郎から身体を離した。

「こ、これは……えと……」

「美月こそ、こんな時間になにをしていたのですか？」

相手が幽霊の類でないと分かり、冷静さを取り戻した悠志郎は、美月が寝間着姿ではないことに気付いた。

「あはは……ちょっと眠れなくて……ね」

……まあ、毎日のように昼寝をしていればそうなるかも。

蹴りを恐れてそんな言葉を飲み込んだ悠志郎に、美月はめずらしく真剣な表情を向ける。

「ん……あのさ……悠志郎……」

「はい？」

「ん……やっぱいい。もう寝るね。おやすみ、柚鈴、悠志郎」

なにかを言いかけたまま、美月は身を翻して母屋の中へと消えた。

その姿を見送りながら、柚鈴が心配そうに呟く。

「美月……大丈夫かな……？」

「大丈夫とは？」

「ん……美月、貧血とかでよく寝込んじゃうんです。だから……」

「貧血……？」

なんだか意外だった。

あれほど元気に見える美月が、そんな持病を持っていたとは初耳だ。もしかして寝起きが悪いのもそれが関係しているのだろうか？

悠志郎は、ふといやな予感を覚えた。

「こんな様子が続くようなら、一度医者に診《み》てもらった方がいいかもしれませんね……。診てもらってなんともなければそれに越したことはありませんし」

「そう……ですよね……」

柚鈴は小さく頷いた。

この件は葉桐か鈴香にでも相談した方がよさそうだ。

もっとも、すべては翌朝になってからの話である。

「さ、私たちも寝ましょうかね」

「はい」

「……部屋まで送ってくださいね」

「……はいはい」

溜め息をついた柚鈴に連れられて、悠志郎はなんとか部屋まで戻ること、できた。

第四章　契り

悠志郎が来てから一週間――。

目標であった秋祭りを、ようやく無事に終えることができた。

有馬神社の祭りはこの付近では一番大きな催しものらしく、かなりの人が訪れたために、祭りの前はその準備で忙殺されてしまった。

祭りが始まってしまえば、ようやく人に慣れてきた柚鈴と屋台をまわる程度のゆとりを持つことができたが、今度はその後始末だ。

もっとも、こちらはそれほど急ぐ必要はない。準備のための疲れを癒《いや》す意味もあって、悠志郎は祭りの翌日には一日の休みをもらっていた。

「さて……今日はどうやって過ごしましょうかね」

久しぶりにぐっすりと眠った悠志郎は、いつもより遅い時間に起き出してきて、秋晴れの空を見上げながらひとりごちて呟《つぶや》いた。

本当にいい天気だ。外はさぞかし心地よいだろう。

……そうだ、この前の川へ行こうか。

悠志郎は、二、三日前に裏山で見つけた川を思い出した。あそこなら景色もよいし、色々と魚影が見えたので、釣りをしてもなにか釣れるだろう。

ひとりでぼうっと過ごすにも最適の場所だ。

「ひとり……か」

ふと、昨日の祭りを柚鈴と共にまわったことを思い出した。初めて見る屋台に、彼女は心底楽しそうな表情を浮かべていた。

そっと触れ、絡み合った指先……。

お互いを見つめる、熱い視線……。

「ん……いかん、いかん」

ぼんやりと柚鈴のことを思い浮かべた悠志郎は、高まってくる動悸《どうき》に慌てて首を振った。

残務処理があるとはいえ、後数日でこの地を去らねばならないのだ。余計な想《おも》いを抱いてしまえば離れがたくなってってしまう。

……けれど。

「柚鈴。き、今日はお暇ですか？」

「え、そうですね。とりあえず朝食の片づけが終わったら、です」

朝食が終わって他の者が席を立った後、悠志郎はそっと柚鈴に語りかけた。

「あの……私、これから裏山にある小川へ釣りへ行こうと思っているんですよ。ですから……その、一緒にいきませんか？」

悠志郎の誘いに、柚鈴はぽっと頬《ほお》を染めた。

「は、はいっ、行きますっ」

もじもじと身じろぎながらそう答える柚鈴の笑顔に、悠志郎の胸が再び高鳴る。

「でも、朝食の後片づけに時間が掛かりますから……後で追い掛けて行きます」

「ああ、いいですよ。待ってますから」

悠志郎がそう言うと、柚鈴はふるふると首を横に振った。

「大丈夫です、先に行ってください。朝の方が釣れるのでしょう?」

「別に坊主でもかまいやしないんですけどね」

「だーめーでーすっ!」

「はぁ……そこまで言うならそうしましょうかね」

別にそれほど急ぐわけではないのだが、何故か柚鈴は先に行かせようとする。

悠志郎は仕方なく釣り道具一式を抱えると、一足先に川へと向かうことにした。


まだ日が昇りきっていないというのに、とても暖かな日だ。

せせらぎの音を聞きながら川辺を歩き、眩《まぶ》しい日差しを避けて木陰の場所を探す。

あまり深くはない清流だ。澄んだ水は勢いよく流れ、時折石にぶつかっては飛沫《しぶき》を上げている。こうして見ると結構上流の方なのかもしれない。

悠志郎は、丁度具合のよい場所を見つけるとそこへ陣取って、平らな石に腰かけながら糸を垂らした。釣りなど随分と久しぶりのことだ。

家に帰ればそれなりの竿《さお》を持っているが、今回の相棒は有馬家の納屋で見つけた古竿だ。おそらく、一哉が使っていたものなのだろう。

……まあ、構わないでしょう。

別に今回は魚を釣るのが目的ではなく、自然の中でほうけるために来ているのだ。

糸を垂らして小一時間ほどすると、後ろから土を踏む音が聞こえてきた。振り返ると、銀色の髪をした少女がきょろきょろと辺りを見まわしている姿が見える。

悠志郎が軽く手を上げて合図すると、

「あ、悠志郎さんっ」

柚鈴は手を振り返しながら、ぱたぱたと小走りで駆けて来た。

「ごめんなさい、ちょっと遅れちゃいました……」

「いえ……でもどうしたんですか？　少し遅いので心配していたところです」

「えっと、あの……お弁当作ってきちゃいました」

悠志郎の質問に、柚鈴はおずおずと手にした包みを掲げて見せた。しつこく先に行けと促していたのは、どうやらこのためだったようだ。

「おやおや、わざわざすみません。でも、嬉《うれ》しいですよ。外で食べる握り飯は格別美味《おい》しいものですからね」

「は、はい」

柚鈴はほんのりと顔を赤らめながら笑顔を見せた。

その笑顔は、なんだか悠志郎を落ち着かなくさせる。慌てて視線を川へと戻し、竿の先にある棒浮きを見つめた。

ふと鼻をくすぐる石鹸《せっけん》の……柚鈴の匂《にお》い……。

ちらりと横目で見ると、隣にはごく自然な感じで柚鈴が腰を下ろしていた。

「た、退屈ではありませんか？」

「いいえ。全然退屈じゃありませんよ」

柚鈴はゆっくりと首を横に振る。

「うーむ……竿、もう一本調達してくればよかったですねぇ」

「いいえ、私はこうしてるだけでいいんです」

柚鈴はそう言って顔を上げると、木漏れ日の眩しさに目を細めた。

「ここは……とても居心地がよい場所です。ここにいるだけで、私は満足です」

本当に幸せそうな笑顔に、悠志郎は思わず引き込まれそうになる。暖かで、優しく満たされるような……そんな感情が伝わってくるかのようだ。

妙に緊張していた鼓動も、ゆっくりとしたものに移り変わってゆく。

何故か、ふたりでここでこうしているのがとても自然なことに思える。ずっと一緒にいる恋人同士のような、幼なじみのような……そんな不思議な気持ちであった。

「あっ、悠志郎さんっ！　引いてます、引いてますよっ！」

「おっと……っ」

柚鈴の声で棒浮きが動いていることに気付き、悠志郎は慌てて竿を上げた。

合わせるのが遅れたために逃したかと思ったのだが、立ち上がって川面を覗《のぞ》き込むと、かなり大きなニジマスが掛かっている。

「わっ！　大きいですよっ、これは」

糸を切られないように微妙な力加減を加えながら、川辺を少しずつ移動する。思わず片足を川に突っ込んでしまったが、そんなことを気にしている余裕はなかった。

「悠志郎さんっ！　がんばれっ！」

柚鈴が立ち上がって声援を送ってくる。

思ったよりも大きな魚はグイグイと竿を引き、悠志郎はつられるように川の中へと入っていった。すでに膝下《ひざした》あたりまでずぶ濡れになっている。こうなれば、どちらが先に参るか根比べというところだ。

そう考えた途端……。

「おわっ！」

川底の苔《こけ》に足を取られ、悠志郎は派手な水飛沫と共に川の中でひっくり返った。

「悠志郎さんっ！」

「ぶはぁっ！」

さほど深い川ではないのが幸いだった。

悠志郎はよろよろと立ち上がったが全身はずぶ濡れ。おまけに転んだ拍子に糸が切れたらしく、魚はとうに逃げ去った後だ。踏んだり蹴《け》ったりとはこのことだろう。

「いやはや……酷《ひど》い目に遭いました」

苦笑しながら振り返ると、柚鈴は川の中をざぶざぶと悠志郎の元へと向かって来る途中であった。悠志郎の身を案じてのことだろうが、かえって危なっかしい足取りだ。

「悠志郎さんっ！　悠志郎さんっ‼」

「柚鈴、そこにいなさい！　大丈夫だから……って……」

「きゃああっ！」

……言わんこっちゃない。

「柚鈴！　柚鈴っ！」

「あ……悠志郎さん」

あっという間に濡れ鼠《ねずみ》になった柚鈴は、近寄ってきた悠志郎を呆然《ぼうぜん》と見上げる。

「もう、心配かけさせないでください。川を素足で歩くと滑りやすいんですよ。私を見ていて分かったでしょうに……」

「ちょっと、びっくり」

どうやら怪我《けが》はないようだが……。

転んだ拍子に袴《はかま》が太股《ふともも》の辺りまで捲《めく》れ上がり、飛沫に濡れた髪は日差しによって銀糸のように輝いている。水に濡れた服は柚鈴の身体《からだ》に張りつき、まだ幼さを残しながらも彼女が女であることを物語っているようであった。

「悠志郎……さん」

じっと自分を見つめてくる柚鈴の目を見つめ返した時……なにかが悠志郎の心の堰《せき》を切ったように溢《あふ》れ出してきた。

「柚鈴……」

悠志郎は片膝を落とし、柚鈴にそっと口付けた。

「悠志郎……さん……」

「……愛している……と言ったら、迷惑ですか？」

言うべきか言わざるべきか……ずっと迷い続けていた言葉が、つい口から漏れた。

「いいえ……」

柚鈴は小さく、しっかりと首を振る。

「いいえっ……迷惑なんかじゃありません」

「柚鈴……」

「悠志郎さん……私も……あなたが好きです。愛しています……誰《だれ》よりも……」

柚鈴の瞳《ひとみ》には、零《こぼ》れ落ちそうな涙がゆらゆらと浮かんでいる。悠志郎は顔を近付けると、再び彼女の小さく可愛《かわい》い唇に、そっと唇を重ねていった。


「やっ……悠志郎さんっ……」

片手を露わになっている太股に伸ばした途端、柚鈴が小さく声を上げた。

「は、恥ずかしいですっ……」

慌てて両足を閉じようとするが、悠志郎はそれを許さないかのように手を滑り込ませ、太股の内側を、指先でそっと円を描くようにゆっくりと撫《な》で上げる。

……自分は自制心が強い人間だと思っていたのだが。

柚鈴を愛おしいと思えば思うほど、悠志郎は自分の行動を止めることができなかった。

そのまま指を秘部へと滑らせ、下着の上からそこをそっとなぞりあげる。

「ひゃっ……ん…………」

「柚鈴……可愛いですよ」

耳元へ口を寄せて、熱い吐息があたるように囁《ささや》く。柚鈴の震えるような喘《あえ》ぎが、悠志郎の行為を一層強くさせていった。

「ふぁああ〜っ！　だっ、駄目ぇ、悠志郎さん……悠志郎さんっ……！」

下着の上に這《は》わせた指で秘部を何度もゆっくりと擦《こす》り、耳元での囁きを続けると、柚鈴は譫言《うわごと》のように悠志郎の名前を呼び続けた。川の水が絶え間なく流れ続けても、下着越しに溢れてくる柚鈴の淫水《いんすい》の感覚が、確かに指先に伝わって来る。

そっと下着に指を掛けると、悠志郎はゆっくりとそれを取り去った。

「あッ……」

「ふふ……脱げちゃいましたね」

「し、しりませんっ……」

真っ赤に照れる柚鈴が狂おしくなるほど愛おしい。

ぴったりと閉じた太股の間に指を滑り込ませると、包皮に包まれながらも充血していた淫核をきゅと擦り上げる。

「ひッ……あッ……きゃ……はぁぁぁあッ……！」

柚鈴はきつく目を閉じて、切なそうな声を上げた。

「力を抜いて。足を開いてください」

「あ、ああ……」

柚鈴は言われた通りに足の力を抜く。その間に身体を割り込ませると、悠志郎は柚鈴の着物の肩口を掴《つか》み、ぐっと左右にずらした。緋色《ひいろ》の襦袢《じゅばん》の下から、小振りながらもふっくらとした乳房が姿を現す。川に浸かっているせいか、それとも……初めて男に見られることに緊張しているのだろうか、乳首はすでに硬く隆起していた。

「ゆ、悠志郎さん……いやぁ……ッ……は、恥ずかし過ぎますっ」

「あ……」

悲鳴にも似た柚鈴の哀願の声に、悠志郎はハッと動きを止めた。

「すみません……ちょっと、焦っていたみたいです」

神職を志す者としてどうかとも思うのだが、悠志郎は帝都にいる頃《ころ》、悪友に誘われて何度か色町に足を運んだことがある。さすがに初めての時は心だけが先走ってしまったものだが、今回もその時と同じような感覚であった。

「おかしいですねぇ……こんなに柚鈴のことを想っているからでしょうか？」

「悠志郎さん……」

「ゆっくり……ゆっくりとすることにしましょう」

そう、なにも焦る必要などないのだ。柚鈴は迎え入れてくれるつもりなのだから……。

悠志郎は気を落ち着かせるように柚鈴の頬を撫でると、彼女の乳房に顔を寄せていった。

硬くしこった淡い桜色の乳首を咥《くわ》えると、舌でくりくりと刺激する。

「っ……ふっ……んっ……」

柔らかい乳房を揉《も》み込みながら、ちゅうちゅうと音を立てて乳首を吸い上げると、柚鈴は甘い声を上げて身をよじらせ始めた。

そのまま左右の乳房を交互に責め続けていると……。

ふわり、と柚鈴の手が頭に添えられた。

動きを止めると、その手は優しく何度も何度も悠志郎の頭を撫でる。

「悠志郎さん……こうすると気持ちいいですか？」

「ええ……とても気持ちがいいです」

なんだか懐かしく……愛おしくて、胸焦がすような感覚だ。

「悠志郎さん、感じてください……私を。感じさせてください……あなたを……」

「いいのですか……？」

「うん……早く……ひとつになりたい……」

柚鈴の気持ちは身体中に響きわたるほどに嬉しかったが、まだ彼女の受け入れ準備は整っていない。すでに秘裂は濡れているものの、この程度ではきっと痛いだろう。

悠志郎が両指で淫核の包皮を剥《む》くと、濃い桜色をしたそれがつんと上を向いた。

「ひぅっ……！」

左手で淫核に触れて優しく摺《す》り上げながら、唇を柚鈴の耳元へ持っていき、舌先で耳のひだをすくうように舐《な》め上げた。

「あ！　きゃッ！　きゃふぅぅッ！　ゆ、悠志郎さっ……あああッ！」

身体を密着させて、左手と舌先を休まず動かしてやる。全身を駆け上がる快楽の刺激に、

柚鈴の口から嬌声《きょうせい》が溢れ出してきた。

「ゆ、悠志郎さん……だ、駄目……お、お願いっ……それ以上は……！」

どうやら耳が弱いらしく、柚鈴はわずかな間の刺激で淫裂をびしょびしょに濡らしていた。その鳴き声や泣きそうな表情に刺激され、悠志郎もいつの間にか我慢の限界を迎えていた。下半身は高ぶり、袴の中では肉棒が硬く天を仰いでいる。

「柚鈴……行きますよ」

「はぁ……はぁ……悠志郎さぁん……」

悠志郎は肉棒を取り出すと、柚鈴の中心へとあてがった。柚鈴はひくっと全身を強張《こわば》らせたが、ここで時間を掛ければかえって恐《こわ》がらせることになるだろう。悠志郎はそのまま腰を押し出して、自分のモノを挿入していった。

「うくッ……ッ……ふぁぁッ！」

十二分に濡れているとはいえ、柚鈴の中はかなり狭い。悠志郎が進む度に、痛いほど肉棒の先端を締め上げてくる。

「柚鈴……もうちょっと力を抜いて」

「は……いッ……でもっ……でもッ……」

柚鈴は唇を噛《か》んで初めての苦痛に耐えている。その苦痛をできるだけ和らげてやりたくて、悠志郎は先に柚鈴がしたように頭を何度も撫でてやった。

「んッ……あ……うん……悠志郎さん……」

何度も撫でているうちに、柚鈴の身体から力が抜けて締め上げも緩んできた。

「柚鈴……可愛い柚鈴……いきますよ」

「はいッ……あ……」

焦《じ》らしても痛いだけだろう。こんな状態からは早く解放してやった方がよいと判断した悠志郎は、勢いをつけてより奥深くへと一気に沈み込んでいった。

「あくぅッ！　あッ……うッ！　ゆ、悠志郎……さんッ……！」

「っ……全部入りましたよ……柚鈴」

柚鈴の純潔の証《あか》しが、淫裂から紅い筋となって流れていく。

「う、嬉しいです……やっと……やっとっ……」

「痛く、ないですか？」

「はい……少しだけ……けど……平気ですから。……もっと私を感じてくださいっ」

そんな可愛いことを言われると手加減ができなくなる。悠志郎は少し強めに腰を引くと、弾《はず》みをつけて動き始めた。一度動き出してしまえば、もう止める手立てはない。

柚鈴のことを考え、柚鈴のことだけを想い……なにかに取り憑《つ》かれたように腰を振った。

次第に川のせせらぎの音が聞こえなくなる。

もう、柚鈴の声しか聞こえない……。

「んッ、んくぅ〜ッ！　ゆう……しおろぉ……さんッ……」

……痛くないはずはない。それでも柚鈴は悠志郎に応《こた》えようと、眉根《まゆね》をよせてじっと耐え続けているのだ。せめて少しでも痛みを和らげてやりたくて、悠志郎は再び柚鈴の耳元に唇を寄せ、胸の奥から込み上げる熱い吐息と言葉を紡いだ。

「柚鈴……愛していますよっ……誰よりもっ……」

「あああッ……くっ！　あはぁぁッ！　ゆ、悠志郎さんぁぁん！」

瞬間、ぎゅっと柚鈴の内部が締まる。亀頭に絡みつくぬるぬるとした感触が背筋を駆け抜け、突き抜けて行く。たまらずに腰を使い続けていると、柚鈴の喘ぎ声の中に甘いものが混じり始めた。苦痛だけではなく、まるで身体の中に別の感覚が沸き上がってきているかのようだ。

「あうッ……くふぅぅっ……わ、私……な、なんだか……なんだかぁ……」

さすがにまだ膣《ちつ》の感覚で達することは難しいだろう。

だが、できることなら共に達して欲しくて、悠志郎は腰を合わせながら快楽のみを産み出す彼女の耳を舐め、淫水をまぶして淫核を刺激してやる。

「一緒に……気持ちよくなりましょう……柚鈴」

「あふぁぁぁッ！　あうッ……ッくぅぅッ……駄目っ……ひっ…うあああ!!」

腰使いを強くしながら、耳を責める舌先と淫核を擦り上げる指先の動きを速めた。

痛いだけであった膣への刺激が、少しずつ別のものに変わって来ているのかもしれない。身体を小刻みに震わせる柚鈴はもう達する寸前であった。

「あッ……くッ……あぅ……あぅッ……！」

柚鈴が苦痛とも快感とも分からない声を上げた瞬間、膣全体が痙攣《けいれん》するように悠志郎のモノをグイグイと締めつけてきた。

一気に限界まで引き上げられた悠志郎は、最後により大きな突きで根本まで柚鈴の中に沈み込むと、彼女の胎内にありったけの精を注ぎ込んだ。


翌日の社務所――。

祭りの残務処理が始まったが、悠志郎の心は上の空だった。仕事どころではない。隣を見ると、勉学の場所を自分の部屋から社務所へと移した柚鈴が微笑《ほほえ》んでいるのだ。

「えへ……」

目が合うと、柚鈴は嬉しそうに目を細める。負けじと微笑み返した悠志郎は、ふと初恋の頃の甘酸っぱい感情を思い出した。ただ笑い合う。それだけで幸せだった。

ただ、その頃と違うのは、柚鈴との間には暖かな絆《きずな》があるということだ。

この残務処理が終われば悠志郎のここでの仕事は終わってしまう。だが、もう柚鈴と離れることなんて考えられなかった。

「……さん」

一哉は悠志郎に鈴香を結婚相手にどうかと訊《き》いていた。確かに一哉の娘はもらうつもりでいるが、その相手が柚鈴だと知ったら彼はどんな顔をするだろう。

「悠志郎さん！」

ぼんやりと他事を考えていた悠志郎の耳元で、鈴香が大きな声を上げた。

「わわっ！　な、なんですかっ!!」

「はぁ……」

鈴香は大きな溜《た》め息をつくと、社務所の畳の上に正座した。

「ふたりとも……ちょっと、お座りなさい」

「はっ、はいっ！」

すでに座っていますが……という言葉は飲み込んで、悠志郎と柚鈴は鈴香の方へ向き直ると姿勢を正した。

「いいですか？　ふたりの間に……その……なにがあったかはあえて問いません」

鈴香は少し顔を赤らめながら言った。

柚鈴を抱いたことを別に隠すつもりはなかったが、やはり相手は嫁入り前の娘なのだ。誰かの前で露骨な行動だけは取らないようにしていたつもりである。だが……ふたりの様子から、やはり祭しはついたのだろう。

「ですが……悠志郎さん」

「はっ、はいっ……」

鈴香は真面目な表情で、正面から悠志郎を見つめる。

「責任はきちんと取るのでしょうね？」

……その責任というのがなにを意味しているのかは明らかだ。

もっとも、悠志郎はすでにその覚悟を決めている。婿入《むこい》りせよと言われれば、実家のこともあるから少し考えなければならないが……。

「はい、そのつもりです」

「……随分とあっさり答えるんですね」

「ええ。やったことの責任を取れないほど子供じゃないつもりですよ」

「ゆ、悠志郎……さん……っ」

柚鈴が嬉しさと恥ずかしさの入り交じった表情を浮かべた。悠志郎の気持ちは嬉しいのだが、これでは姉の前でその手の行為をしたと白状しているようなものである。

「それを聞いて安心しました」

鈴香は悠志郎の言葉に優しい笑みを浮かべた。

「それではこの書類の束の整理と、支出と収支の確認宜《よろ》しくお願い致します」

「は？」

「ぼーっとしてらしたので。その分頑張って働いて頂きませんと」

……やられた。これでは断ることなどできそうもない。

「は、はぁ……が、頑張ります……」

頑張るつもりではあるが……この量はないだろう。

膨大な書類の束を見つめながら、悠志郎は深い吐息を漏らした。

「ふふふ……ふたりでやれば、早いでしょう？　一生懸命頑張ってくださいな」

「はぁ……」

「悠志郎さん」

がっくりと肩を落とした悠志郎を見て、

「柚鈴を……お願いします」

そう言うと、鈴香はくすりと笑いながら元の仕事に戻っていった。

そんな彼女の言葉に悠志郎は苦笑いするしかなかった。


街中に響き渡る昼のサイレンが聞こえてきた。

「そろそろお昼にしましょうか？」

鈴香の声に、悠志郎と柚鈴は書類を整理する手を止めた。整理すべき書類の束は、まだ三分の一を消化した程度だ。この分では一日中掛かるだろう。

しっかりと食事をしておかなければ、途中でへたばりそうである。

社務所を出て母屋へ向かうと、台所からは白米の炊ける匂いが漂ってきた。それまではさほどではなかったが、匂いに腹の方が反応を示し始めた。

「今日はなんでしょうねぇ……？」

悠志郎がのんびりと献立を想像していると、母屋の玄関の方からドタッ！と派手な音が聞こえてきた。まるでなにかが倒れたような音である。

「あ……ちょっと、失礼」

不意に鈴香が表情を引き締めると、悠志郎を押し退《の》けて玄関の方へと駆け出して行く。

……なんだろう？

悠志郎は柚鈴と顔を見合わせ、鈴香の後を追うように玄関に向かった。

「う～～いたたた……」

「美月、大丈夫？」

廊下の角を曲がると、玄関に倒れている美月とそれを介抱する鈴香の姿が視界に入った。単純に転んだというわけではなさそうだ。柚鈴から聞いていた例の貧血なのだろう。

「美月っ」

柚鈴も慌てて側《そば》へ駆け寄って行く。悠志郎も小走りにその後を追った。

「う〜〜っ、世界が……まわるぅ……」

いつもの美月と違ってかなり顔色が悪い。廊下にくてんと伸びたまま、自分の力で立ち上がることもできないようだ。

「ほら、掴まって。部屋まで運んであげるから」

そう言って鈴香が抱え上げようとするが、脱力しているためにかなり重いらしい。ここはやはり男の出番だろう。

「手伝いますよ、鈴香さん。もりもり食べてるようですから重たいでしょう」

「うーっ！　蹴るっ！　後で蹴るっ！」

悠志郎の言葉を聞いた美月が唸《うな》るように言う。これだけの元気があれば、大事に至ることはないだろう。

「ふふふ……そうね。じゃあ、そちらの方持って頂けますか？」

「うーっ、姉様まで酷い〜」

ぶつぶつと文句を言う美月を部屋まで運ぶと、先に立った柚鈴がてきぱきと布団を敷き、障子を開いて部屋の空気を入れ換えた。

今に始まったことではないだけに、手慣れた感じである。

「具合はどう？」

身体が冷えないように寝かせた後、鈴香が美月の枕元《まくらもと》でそう訊いた。

「う……ん。一応、食欲はあるから……あっ……！」

美月がそう答えようとした途端、ぐうっと腹の方が先に空腹を訴えた。その様子があまりにも美月らしくて、悠志郎は思わずぷぷっと吹き出してしまった。

「うーっ！　今すぐ蹴りたい殴りたい～っ!!」

美月は顔を真っ赤にし、布団の中でジタバタと暴れた。

「ふふふ……はいはい。今ご飯持ってきてあげるから。柚鈴、行くわよ」

「うんっ。美月、ちょっと待っててね」

鈴香に促されて柚鈴が腰を上げると、

「ちょっとっ！　このむかつく男も連れてってよぉっ！」

美月は慌てて悠志郎を指さした。

「……悠志郎さん。ちょっと美月の相手をしていてください」

「御意」

「わ～ん、姉さまの意地悪～っ！」

美月はすがるように鈴香に向けて手を伸ばしたが、彼女は柚鈴と笑い合いながら廊下へと出て行った。ふたりがいなくなってしまうと、美月はキッと悠志郎を睨《にら》みつける。

「あんたのせいで、姉様も柚鈴もなんか性格変わってきちゃったわよっ！」

「はてさて……なんのことやら……」

「蹴るっ！　蹴るっ！　蹴るぅっ‼」

例え貧血で倒れようと、やはり美月は美月のままだ。性格までは変わらない。

「ははっ……まあ、とりあえず元気みたいでよかったですよ。美月に元気がないと、からかい甲斐《がい》がありませんからね」

「ふんっ……治ったら覚悟してなさいよっ」

「ご飯食べてゆっくり寝なさい。挑戦はいつでも受けますから、本当に早くよくなってください。何事も身体が資本と言います。健康は何事にも替えがたい宝ですからね」

悠志郎はそう言いつつ、そっと美月の頭を撫でた。

「あ……」

美月は驚いたように身を竦《すく》ませたが、悠志郎の手がゆっくりと頭の上を往復するにつれ、次第に表情を和らげていった。

「私はひとりっ子ですからね。だから、こんな賑《にぎ》やかな家がとても好きです」

「悠志郎は兄弟いないの？」

「ええ……だから、ここで過ごして一週間くらいしか経《た》っていませんが……なんだか美月は、本当の妹みたいに感じますね」

「妹……？」

美月はきょとんとした目で、意外そうに悠志郎を見上げた。

「生意気で乱暴だけど、根は優しいいい子です。美月は」

「生意気で乱暴は余計だよっ……」

ふんっ、と鼻を鳴らして横を向いてしまったが、妹と呼ばれてもそれほどいやがっている様子もない。むしろ、その表情はまんざらでもなさそうであった。


「ふぁぁぁ～ぁ」

夕食後からずっと自室で小説を読んでいた悠志郎は、そろそろ眠気を感じて大きなあくびをした。懐中時計で時間を確認すると、夜の十一時を数分まわっている。母屋はすでに寝静まる頃だ。

……あ、いけないっ！

まだ便所に行ってなかったことを思い出した。ついつい小説に熱中してしまったために、早めに行っておくのを忘れてしまったのだ。

どうしよう……柚鈴はまだ起きているだろうか？

そう思った時、不意に廊下に人の気配を感じた。

「悠志郎さん、まだ起きているんですか？」

「ああっ、柚鈴！」

天の助けとばかりに障子を開けると、そこにはまだ寝間着に着替える前の柚鈴がいた。

「よかった……今、起きているかどうか見に行こうと……」

「ふふふっ、お便所でしょう？」

すでにお見通しらしい。なんだか母親についてきてもらう子供のようで情けなかったが、ひとりで行けないのだから仕方がない。悠志郎はガクガクと頷《うなず》き、柚鈴に伴われて離れにある便所で寝る前の用を足した。

「悠志郎さん……もう眠たいですか？」

部屋に戻ってくると、柚鈴は躊躇《ためら》うように上目遣いで悠志郎を見つめる。

夜も更けたし、そろそろ眠くなるのが当たり前だろう。柚鈴の質問の意図がよく分からずに、悠志郎は首を捻《ひね》って彼女を見つめ返した。

「あの……もう少し、この部屋で……悠志郎さんと一緒にいて……いいですか？」

もじもじとはにかんだ様子の柚鈴は、抱きしめたくなるくらい可愛かった。そんな顔をして言われては、駄目だとは言えない。

「でも、私はすぐに寝てしまうかもしれませんよ？」

「あの……だったら、膝枕……してあげましょうか……？」

柚鈴はおずおずと言った。

程よい弾力と心地よい温かさ……そして柚鈴の匂い。まだしてもらったことはないが、それらが次々と頭の中に浮かんできて、悠志郎は間髪を入れずに頷いた。

そっと畳の上に正座する柚鈴の膝元に顔を寄せた悠志郎は、その緋色の袴を見ているうちに、ふと悪戯心《いたずらごころ》を覚えた。

素直に膝の上に頭を乗せず、袴の裾《すそ》を捲ってその中へと潜り込んでいく。

「わ、きゃ〜〜っ！　悠志郎さぁんっ!!」

「え？　どうしました？」

「どうしてそんな所に入り込むんですかぁっ!!」

「いや、目算を誤るうちについ……」

袴の中は柚鈴の臭《にお》いが充満していた。目の前には、暗い中でも白く浮かび上がる彼女の太股が見える。

悠志郎がその太股に手を這わせると、柚鈴は思わずという感じで立ち上がった。

「やぁぁんっ！　もうーっ、早く出てくださいっ！」

袴の上から頭をグイグイと押されるが、悠志郎は太股にしがみついて耐える。柚鈴が立ち上がったことによって、逆に触れる部分が増えた感じだ。

「ああ……柚鈴の太股はすべすべして気持ちがいいですねぇ〜」

「や〜ん、やだやだっ、悠志郎さんっ！」

最初は単なる悪戯のつもりだったのだが、柚鈴の可愛い反応を聞いているうちに、なんだか妙な気分になってきた。悠志郎は、柚鈴の両脚を抱えていた手を後ろへとまわして、手のひらで尻を鷲掴《わしづか》みにしてみる。

「きゃあっ！　ゆ、悠志郎さん……なにを……!?」

突然のことに、柚鈴は驚いたように身体を揺らした。悠志郎はそんな彼女を無視して、尻の肉をゆっくりと揉みしだいていった。

柚鈴の尻はふにふにと形を変えて、悠志郎の触感を楽しませてくれる。

「くっ……ゆ、悠志郎さん、駄目っ……！　なに考えてるんですかっ!!」

「こういうことですよ……」

柚鈴を可愛がってやりたくて、もう眠気など何処《どこ》かへ飛んでしまっている。悠志郎は尻を押さえていた右手を前にまわすと、下着越しに柚鈴の秘裂を軽くなぞり上げ、淫核を指先の腹でぐっと刺激した。

「あッ……！　ひゃうッ……！」

頭の上から可愛らしい声が聞こえて来る。

「柚鈴があんまり可愛らしい声で鳴くものですから、つい……」

「そ、そんな声……あ、上げてなかったじゃないですかぁ」

悠志郎は答える代わりに下着の中に指を入れ、まだ湿ってもいない淫核をむき出しにす

ると、くりくりと軽く滑らすように摘んで弄《もてあそ》んだ。

「きゃふぅぅッ!!」

「ふふふ……ほら、その声ですよ」

そう言うと、悠志郎は不意をついて柚鈴の股間《こかん》に顔を埋め、間髪入れずに下着を捲り上げて秘裂に唇を押しつけた。乱暴に吸い上げると、いやらしく秘肉を吸う音がくぐもって聞こえる。

「いやっ！　悠志郎さん、駄目っ！　こ、こんな……こんなッ……！」

「いい声なんですが、あまり大声を出すと葉桐さんに感づかれてしまうかもしれませんよ」

「んくッ……そ、そんな……ゆ、悠志郎さんが……やめてくれれば……んンッ……」

柚鈴は部屋の外に声を漏らすまいと唇を噛みしめる。その隙間《すきま》から漏れる押し殺した甘い声が、悠志郎を更に興奮させていった。

秘裂に指を当て、ゆっくりと潜り込ませる。濡れそぼった柚鈴の雫《しずく》が指に絡みつき、ぬめりった触感を返してきた。

「だ、駄目ですっ……い、入れては……」

指の進入を阻《はば》むように、柚鈴は悠志郎の頭を手で押さえつけた。かなり感じているのだろう。ふるふると震え始めた彼女の両脚が、その快感の強さを物語っている。

淫核を舌で擦り上げると、挿入した指がぎゅっと締めつけられた。

……この指先が自分の肉棒なら。

そう思うだけで、既に勃起《ぼっき》した肉棒はより硬くなっていくようだ。

「ふッ……ふぅうッ……あふっ……悠志郎……さんっ……私……私っ……」

柚鈴は辛《つら》そうにがくがくと全身を震わせ始めた。彼女が感じるのと同様に、悠志郎もそろそろ我慢の限界であった。

素早く袴を下着ごと脱ぎ捨てると、柚鈴を自分の身体の上に跨《また》がらせる。

「え、えっ……悠志郎さん……？」

「ちょっと袴の裾を持っていてください。そう……そのまま少し足を開いて……」

「あッ……当たる……ひッ……！」

「そう、そのまま腰を落としてください」

立て続けに与えられた快感で頭が朦朧《もうろう》としているのだろう。柚鈴は悠志郎に言われるままに、ゆっくりと腰を落としてきた。

「はぁ……！　な、中に……中に……はいっ……て……」

柚鈴はあっという間に、そそり勃《た》つ悠志郎のモノを根本まで飲み込んでいた。

女性が上になると結合がより深くなる。柚鈴の入口は肉棒の根元を締めつけ、中は生き物のように蠢《うごめ》いて、亀頭や竿をこれでもかというほどに擦り上げてくる。

裾が持ち上げられているために繋《つな》がっている部分もよく見え、視覚的にも快感が倍増される気分だった。

……こ、これは……すごい。

悠志郎は、たまらず腰を強く前後に揺すって突き上げていった。

「んッ……んンッ……ゆ、悠志郎さぁん……ッ……」

裾を持つ手に力が込められる。絶え間なく襲ってくる快楽の衝動から耐えるように、柚鈴は口元に運んだその裾を噛みしめた。悠志郎は腰に捻りを加えながら、何度も前後に腰を揺すっては膣の中を往復し続ける。

「くはぁぁッ……！　あッ……くッ……！　奥に……あ、当たるのっ……」

突き上げる度に、柚鈴の口から切なく可愛らしい声がとりとめなく溢れ、悠志郎の腰の動きを激しく加速させていった。密着した性器からは、秘液を伴った淫猥《いんわい》な音が漏れる。

「柚鈴っ……そろそろいきますよ」

もう、いつ爆発してもおかしくなかった。

限界まで勃起した肉棒にとてつもない快感が駆け上がり、悠志郎は夢中で腰を動かすと、柚鈴の一番奥深くで射精した。

「ひ……あ……なっ……中で……熱い……のが……」

柚鈴がびくびくと背中をのけぞらせると、やがてがっくりと力が抜けたように悠志郎の胸に倒れ込んできた。まだ余韻にひたっているかのように、大きく息を吐き続けている。

「柚鈴……いやらしい子だ……」

「や、やぁぁッ……だって……だって悠志郎さんが……」

「ふふ……でも、私はそんな柚鈴がたまらなく愛おしいんですよ」

そっと抱きしめて、柚鈴の銀髪をさらりと撫でる。

障子の隙間から入り込んでくる夜風が、火照った肌に心地よかった。


柚鈴がそそくさと自分の部屋に戻って行った後、悠志郎はようやく自分の布団に潜り込んだ。そろそろ本当に寝ないと、明日は寝過ごしてしまうだろう。

だが、まだ柚鈴を抱いた興奮が収まらないのか、なかなか寝付くことができない。

目を閉じても、すぐに柚鈴のことが頭に浮かんでくるのだ。

可愛い仕草……そして甘い声。

柚鈴もだんだん女らしくなってきたというか……いやらしくなってきた。

まだ成長途中だろうが、あの程よい肉付きを想像しただけで、悠志郎のモノは再び元気になってしまいそうだ。

……いかん、いかん。

いい加減に神職者らしからぬ破廉恥な妄想は止めて寝ようとするのだが、そう考えれば考えるほど目が冴《さ》えてしまう。

こんな時……普通の男ならば（今抱いたばかりだということを忘れて）夜這いのひとつもかけるところだが、生憎《あいにく》と悠志郎には暗いところが恐いという、非常に男らしくない弱点があるのだ。

まあ、夜這いはともかく……夜、障子の向こうにひとりで出られないというのは、本当になんとか克服したいところであった。

「……っ⁉」

意識が淫《みだ》らな妄想から現実的な恐怖へと変わった時、障子の外から、なにか音が聞こえてきたような気がした。

ひた……ひた……ひた……。

幻聴だと思い込もうとした悠志郎の耳には、確かに近付いてくる足音が聞こえる。

恐る恐る廊下の方を見ると、障子越しに……月明かりに照らされた長い髪をした女性の影が映し出されていた。

気のせいか、その影はぼんやりと青白い光を放っているようだ。

「だ、誰ですか……っ！　こっ、こここんな夜中になんのご用ですっ⁉」

障子も窓も閉めているというのに、生暖かい空気が流れ込んで来るような気がする。

なんだか、鉛を飲み込んだように腹が重たい。霊気……とやらを感じるのか、全身が粟《あわ》立《だ》っていくのが分かった。

「い、悪戯はやめてください！　こんなことをするのは……どうせ美月でしょう⁉」

脅《おび》えのせいで声は裏返っていたが、悠志郎ははっきりと聞こえるように影に向かって言い放つ。だが……どんなに待っても返事はなかった。

時折たなびく風に、その髪を揺らしながら沈黙を続ける。髪の長い女性と言えば、有馬家の女性は全員そうだ。悠志郎の弱点を知っている柚鈴がこんな悪質な冗談をやるとは思えないので、やはり思いつくのは美月しかいない。

だが、美月ならそろそろ面白がって笑い出してもいい頃だ。

それに……美月はこんな重圧を醸《かも》し出せるような娘ではない……。

「……っ⁉」

……すると……もしかして……！

「うふっ……うふふふっ……うふふふっ……」

微《かす》かに聞こえてくる声。

それはとても人間のものとは思えず、悠志郎は悲鳴を上げて布団の中に潜り込んだ。

第五章　僧形の男

……外から聞こえてくる雀《すずめ》の鳴き声に、悠志郎はそっと瞼《まぶた》を開けた。

いつの間にか夜が明けているようだ。

ぼうっとする頭を抱えたまま手探りで枕元《まくらもと》の懐中時計を拾い上げて見ると、いつもの起床時間よりも半刻《はんとき》ほど早かった。寝たのか寝ていないのか、分からないような夜だった。

「……これは完全に寝不足ですね」

悠志郎はひとりごちて小さく頭を振る。頭の芯《しん》が重いような気がしたが、もう一度寝直すような気分ではなかった。

それに……目を閉じれば、昨夜の不気味な人影を思い出してしまいそうだ。

……あれはなんだったんだろう？

こうして朝の日差しの中に身を置くと、まるで夢であったかのようである。

だが、あれは断じて夢ではない。

「ううっ……」

……いかん、もう……思い返すのはやめよう。

悠志郎は気分を変えようと布団を出て着替えると、顔を洗うために部屋を出た。

「ふんふふん～ふんふんふふふ～～ん♪」

第五章　僧形の男

台所の側《そば》まで来ると、中から可愛《かわい》らしい柚鈴の鼻歌が聞こえてきた。

　ちらりと中を盗み見れば、大根をじゃぶじゃぶと洗う後ろ姿が見える。いつもより早く起きた時は、葉桐の代わりに焚《た》き出しをしているようだ。

「ふん～ふふふ～ん～♪」

　鼻歌に合わせて柚鈴の小さく可愛い尻が上下に揺れている。その程よい肉づきの尻を見つめていると、悠志郎はむらむらと情欲が湧《わ》いてくるのを感じた。

　……こんな気分の優れない時は柚鈴を感じるのが一番だ。

　無理やりに理由をこじつけると、悠志郎は廊下の左右を見まわし、誰《だれ》も起き出してくる気配がないことを確認して、そっと音を立てないように柚鈴の背後へと近寄っていった。

　背後にたどり着いた時……。

　柚鈴は包丁を取り出し大根を切り始めようとしていた

ところであった。悠志郎は隙《すき》ありと見て、さっと右手を柚鈴の腋《わき》の下から着物の襟《えり》へ差し入れて乳房を被《おお》い、左手で反対側の腕の自由を奪った。

「んきゃぁっ！　いやっ！　あっ、悠志郎さん？　ちょっと……な、なにをっ……」

「ふふふ……柚鈴、したいです」

悠志郎はそう言って、すっかり硬くなったモノを柚鈴の尻に押しつけた。

「やっ……し、したいって……そ、そんなぁっ……だ、駄目です……こんな朝からっ……」

「柚鈴と……したいな……」

耳元で囁《ささや》きを続けながら胸元をまさぐり、弾力のある乳房に指を這《は》わせる。

「昨日は、あれからずっと柚鈴のことを考えていました」

「そ、そんな……わ、私の……こと……んクッ……はッ……」

「そう、こうやって可愛い声で鳴く……可愛い可愛い私の柚鈴のことをね」

悠志郎は指で柚鈴の乳房をこね、その先端に感じる突起をくりくりと弄《なぶ》り始めた。

「はくッ……やぁ……んッ……だ、駄目っ」

腕の中で身体《からだ》を震わせて切なそうな声を上げる柚鈴に、悠志郎の肉棒は更に硬度を増していく。触れ合う尻へそれを強く押しつけてやると、彼女の吐息は徐々に熱く甘いものへと変化していった。

「ッく……悠志郎……さん……ここじゃ……ここじゃいやぁ……ッ……」

柚鈴は身体を駆け巡る快楽の波に、譫言《うわごと》の様に悠志郎の名を呼びながら堪《た》えている。だが、懸命に抗《あらが》いながらも、更なる快楽を求める嬌声《きょうせい》はとうとう溢《あふ》れ出してしまう。

「駄目です。もう我慢できないのでここでします」

「ヤッ……いやぁ！」

割烹着《かっぽうぎ》を付けたままというのもなかなかよいものだ。

柚鈴の抗議を黙殺すると、悠志郎は袴《はかま》の裾《すそ》を捲《めく》って下着を一気に取り去った。

自分の前を捲って肉棒を取り出し、淫裂《いんれつ》に亀頭を何度か擦《こす》りつけて往復させる。すでにびしょびしょになっている柚鈴の雫《しずく》を纏《まと》い、肉棒はあっという間にてらてらといやらしい艶《つや》を放ち始めた。

「ひぅッ！　駄目……悠志郎さん！　ここじゃいやっ！」

「さ、足を開いて。気持ちよくしてあげますから」

「いやぁっ！　お願いですっ！　ここじゃ……ここじゃ誰か来ちゃいますぅっ！」

「その時はその時です。さ、その桶《おけ》に手をついて」

悠志郎は柚鈴の哀願を無視して、彼女の片足を持ち上げた。均衡を崩した柚鈴は、もう目の前にある木桶にしがみつくしかない。

「きゃぁっ！　ゆ、悠志郎さん、やぁぁッ！　か、母様が……来ちゃう……」

いやいやと尻を振る柚鈴の姿はかえって悠志郎の欲情を誘う。痛いくらいに天井を向いた肉棒を、すっかり濡れそぼって紅《あか》く充血した淫裂へあてがった。

「もう駄目です。可愛すぎる柚鈴がいけないのですよ」

悠志郎はそう言うと、軽く亀頭の先を淫裂に押し当てた。

「やぁぁッ！　駄目ぇ！　許してぇっ！」

髪を振り乱して叫ぶ柚鈴の腰を抱えると、悠志郎はぐっと一気に腰を押し出し、彼女の奥深くまで埋没していった。

「ンきゃぁッ！」

溢れかえる柚鈴の雫は、適度な滑りを膣内《ちつない》に与えている。ぬめりとした締め付けが悠志郎の背筋を駆けぬけ、その快感にぶるりと腰が震えた。

「く……ゆ、柚鈴……最高に気持ちがいいです」

「あ……あふッ……な、膣《なか》に……はいっ……て……」

「柚鈴……動きますよ」

言い終わる前から、すでに悠志郎は腰を動かし始めていた。

結合部からくちゅくちゅといやらしい音が漏れている。柚鈴の肉襞を往復し、擦り上げる度に、膣は悠志郎の肉棒をぎゅうぎゅうと締め上げてくる。

「はぁ……ひぅッ……ゆ、許して……悠志郎……さ……や……ぁッ……」

この体勢では柚鈴の顔が見られないのが残念だが致し方ない。

悠志郎は前に後ろにと、不規則な抽送を柚鈴に与え続けた。

「や、やぁッ……お、お願いっ……ぬ、抜いて……」

「本当に……そう思っていますか？」

しゃくり上げるような柚鈴の言葉に、悠志郎は少しばかり強く腰を動かした。

すでに何度か身体を重ねた仲なのだ。柚鈴の弱点はいくつか発見済みである。悠志郎は腰を巧みに使って、雁首《かりくび》で柚鈴が一番喜ぶ部分を責め立てていった。

「はぅっ！　あッ……！　ひッ……！　ひぃぃぃッ！」

「もっと素直になりませんか？」

「あああっ……あくッ！　も、もう……か、かんにん……してぇッ……」

こんなに乱れ始めているというのに、柚鈴はまだ快楽に抗い続けている。

誰かに見られるかもしれないという気持ちが、悠志郎の言葉を拒み続ける理由なのだろう。だが、それは同時にいつもよりもより深い快楽を柚鈴に与えているようでもあった。

「ほら……柚鈴……どうですか……？」

柚鈴の締め付けがだんだん激しくなって来る。肉襞は肉棒のありとあらゆる部位に絡み付き、思わず果ててしまいそうになるほどの刺激をもたらした。

「くッ……へ、変に……変になっちゃうっ！　き、きちゃ……う…よぉッ！」

柚鈴はそろそろ達してしまいそうだ。

ならば私も……と、悠志郎は今まで以上に激しく腰を使い始めた。台所に響く肉と肉のぶつかる音と、溢れて床に垂れ落ちる柚鈴の淫水が奏でるいやらしい旋律が、悠志郎たちを淫《みだ》らに酔わせていく。

「お、奥に……奥が……いい……の……ッ……気持ち……いいのぉ」

「可愛いですよ……柚鈴。ようやく素直になりましたね」

悠志郎は柚鈴に応《こた》えるべく、ここぞとばかりに動きを速めていく。柚鈴の内部に刺激され、あっという間に射精感が込み上げてきた。

「柚鈴……いきますよ」

「あ！ や……やぁッ！ だ、駄目……今日は……あ、危ない…から……」

その動きから、悠志郎が膣内に射精するつもりだということに気付き、柚鈴は身体を捻《ひね》って拒否の言葉を口にした。だが、悠志郎は今更膣外に出すつもりなどない。子供ができたらできたで構わないという心境であった。

「駄目です。膣に出します」

断言するように言うと、悠志郎は最後に数回、強く打ちつけるように腰を使って柚鈴の中で達した。その感覚が分かるのか、柚鈴は背筋をのけ反らせて身体を硬直させ、ビクビクと尻を振るわせた。

「や……あっ！ 悠志郎……さ……す、す……ご…いぃ……あああっ！」

まだ達していない柚鈴のために、悠志郎は射精途中の肉棒でさらに突き上げてやる。

途端、肉壁《にくひだ》が今まで以上に肉棒を締めつけてきた。射精の途中が故に、悠志郎はもう腰砕け寸前であった。

柚鈴がぶるぶると絶頂に身を震わせる様子を見つめながら、悠志郎は最後の一滴までを彼女の膣に注ぎ込んだ。


「あら、ふたりともどうしたの？」

社務所に顔を出した鈴香は、めずらしく離れて座っている悠志郎と柚鈴を見て、意外そうな顔をした。柚鈴が社務所で勉学をしながら仕事を手伝うというのは、もうすっかり定着していたことだが、それはすべて悠志郎の側にいるためである。

そのことを誰よりも知っているだけに、鈴香は妙に感じたのだろう。

「いやはや……なんでもないですよ」

悠志郎は乾いた声で笑ったが、柚鈴はふたりに背を向けたまま振り返ろうともしない。

どうやら台所で無理やりに犯したことを怒っているようだ。

……まあ、無理はありませんけど。

さすがにやりすぎたかな……と反省はしているのだが、これほどの態度を取られるとは思いもしなかった。

「ふうん……」

鈴香は意味ありげな表情を浮かべ、すっと悠志郎の隣に座ってくる。その意図が分からずに、悠志郎がじっと見つめていると……。

「あら、悠志郎さん、私の顔になにかついています？」

「い、いえ……」

「ふふっ……なんだか今日の悠志郎さんは可愛らしいですね。私、そういう人好きですよ」

「はははは、いやはや……」

悠志郎が返答に困っていると、鈴香は不意に顔を寄せてきた。

「最近、柚鈴といい仲になったと思っていたんだけど……そうでないなら、私がお婿《むこ》さんにもらっちゃおうかしら？」

鈴香の突飛な発言に、悠志郎が驚いて目を見開いた瞬間。

「だっ……駄目ぇっ！」

社務所の中に柚鈴の大声が響き渡った。今にも泣き出さんばかりの表情で悠志郎ににじり寄ると、その腕をがっちりと抱きしめる。

「あ……あの……姉様っ……悠志郎さんが……そんなの……」

「ふふふっ！　冗談よ。ふたりが喧嘩《けんか》してるみたいだから少しからかってみただけよ」

柚鈴の必死な素振りを見て、鈴香は面白そうにくすくすと笑った。

「ほ、ほんとに……？」

「こんな冗談がいやなら、喧嘩なんかしないこと。いいわね？」

柚鈴にだけではなく悠志郎にも言い聞かせるように、鈴香はふたりを交互に見ながら言った。穏やかにそう説かれてはぐうの音も出ない。

「ご、ごめんなさい……へんに……拗《す》ねたりして……」

「いや……私も無理をさせました故に……。柚鈴、すみません」

「はい。仲直りは済んだわね？」

悠志郎たちが互いに謝罪すると、鈴香は笑顔を浮かべる。

「いやはや、お手数かけました……」

「ふふふ……なんだか、妬《や》けちゃうなぁ……妹に先越されちゃうなんて」

鈴香は自嘲《じちょう》気味に言ったが、笑顔を絶やさずにいればすぐにでもいい人は見つかりそうなものだ。悠志郎は、すっかりと棘《とげ》の取れた鈴香を見てそう感じていた。

「あ、そうそう……実はお話があるんでした」

鈴香は思い出したように、ポンと手を打つ。どうやら、本来はその話をするためにやってきたようで、不意に表情を引き締めると真面目な口調で言った。

「……最近この辺りで猟奇的な殺人事件が起きているのはご存じですよね？」

「ええ。存じておりますが」

悠志郎は、一週間ほど前に訪ねてきた刑事たちのことを思い起こしながら頷《うなず》いた。あれから姿を見せないところをみると、どうやら捜査の方は進んでいないのだろう。

「そこで警察の他にも自警団が動き、あちらこちらで見まわりをしています。勿論《もちろん》私たちも参加しなければならないのですが……」

「お断りします」

鈴香が最後まで言い終わらないうちに、悠志郎は断言するように言い放った。

「……まだ最後まで話をしていないのですが？」

「夜まわりをしろと言うのでしょう？」

「その通りですけど……」

「いやです。駄目です。絶対行きません」

「そんなに力一杯否定しなくても……」

鈴香は呆《あき》れたような表情を浮かべる。

自分の弱みをさらけ出すようで気が引けたが、ここはやはり説明しておかなければならないだろう。悠志郎は仕方なく、暗い所などが苦手なことを白状した。

「恐《こわ》いって……大の男が？」

鈴香は信じられない、という顔をしたが、どう思われようと恐いものは恐いのだ。しかも夜の山の中を見まわるなど絶対に無理である。

「でも……被害者はすべて女性です。私や美月が行くのは危ないでしょう？」

「そう言われましても……」

悠志郎が困り果てて俯《うつむ》いた時、柚鈴がくいくいと袖《そで》を引いた。

「私が一緒に行きますから」

「柚鈴⁉」

「いけません、危ないじゃないですかっ」

柚鈴の突飛な提案に、悠志郎と鈴香は声を揃《そろ》えて異を唱えた。

だが、柚鈴はけろりとした顔をしている。

「悠志郎さんは暗いのダメですけど、私は大丈夫です。側で励ましてあげますから」

「しかしですね……」

「ふたりなら平気ですよ。それに悠志郎さん強いですから、悪い人が出ても平気です」

そう言われてしまっては返す言葉がなかった。元々、悠志郎が苦手なのは暗闇《くらやみ》や得体の知れない霊の類《たぐい》なのであって、相手が人間なら殺人犯だろうとなんだろうと平気である。

それに……鈴香や美月を行かせるのが危険な以上、他に方法はない。

柚鈴ひとりなら守りきれるだろうし、暗闇を克服するにはよい機会かもしれなかった。

悠志郎は柚鈴付きで……という条件でなら引き受けてもよいと言った。

「はぁ……分かりました。その条件を飲みます……」

鈴香は溜《た》め息をつきながら頷いた。

「ただし、悠志郎さん」

「はい」

鈴香の口調が急に真剣なものへと変わった。射貫くように真っ直《ます》ぐ悠志郎の目を見つめ、冷たく重い声色で言葉を紡ぐ。

「柚鈴になにかあったら、覚悟してください。そのつもりで臨んでください」

「こ、心得ています」

……もしかしたら魑魅魍魎《ちみもうりょう》よりも恐いかもしれない。

悠志郎は鈴香に対して、ガクガクと頷いて見せた。


結成された自警団は、一晩を数組交代で見まわるのが基本とされた。

鈴香を経由して手渡された地図によると、悠志郎たちの担当は境内周辺の森の中だ。せめて街中ならまだしも、よりによって森の中とは……。

柚鈴とずっと一緒にいられるのはよいが、やはりどうも気が進まない。

だが、今更やめるわけにもいかず、決められた時間になると、悠志郎は柚鈴に連れられて森の中へと入った。いつもは涼しげに聞こえる虫の音も、秋の夜長に鳴くフクロウの声も、なにもかもが不気味に聞こえてしまう。

ゆっくりと歩く獣道。枯れ枝を踏む音に小さく悲鳴を上げ、柚鈴に抱きついてしまう自分が情けなかった。懐中時計を見れば、出立から十分も経《た》っていない。

万事この調子なので、さしもの柚鈴も半ば呆れ顔だった。

「もう……悠志郎さん……そんなにくっつかれたら歩きづらいです」

「い、いやはや……しかしですねぇ」

「しっかりしてください。ちゃんと明かりもあるんですから」

柚鈴はそう言って「自警団」と書かれた懐中電灯を掲げて見せた。だが、こんなものでは、なにかの拍子に電池が消えればそれっきりだ。暗闇の中に放り出されてしまう。

「いや……しかしです……しかしですねぇ」

「もう……じゃあ、手を握っててあげますから。少しは我慢して慣れてくださいね」

柚鈴に手を引かれながら、悠志郎は怖々《こわごわ》と歩みを進めた。

とても怪しげな人影を見つけるような余裕などはない。これでは夜まわりをしている意味がまったくないだろう。ただの肝試しである。

「あっ……」

「ど、どうしました……？　あまり不安げな声は出さないでくださいよ」

不意に立ち止まった柚鈴に、悠志郎はビクビクと問い掛けた。

「ごめんなさい……でも……いいえ、きっと気のせいです……」

「で、ですよね。さっさと終わらせて帰りましょう」

「そう……ですね。そうしましょう。さ、こっちです」

柚鈴に手を引かれた悠志郎は、その一歩後ろを落ち葉を踏みしめながらなんとかついて行く。だが、予定の行程の半ばを過ぎた時。

「や……やっぱり……なんかいやな感じ……誰かに……見られてるような……」

急に立ち止まった柚鈴が、そう言って辺りを照らし出した。

「わわわわっ！　お、恐ろしいこと言わないでくださいよぉっ！」

「だ……だって……悠志郎さん……感じませんかっ？」

「そんな恐ろしげなもの感じたくもありませんっ！　気のせいです気のせい！」

悠志郎は柚鈴の肩をぐいぐい押して、先へ先へと進ませる。柚鈴は不安げに、あちらこちらを見渡しながらも歩みを進めていった。

しかし……。

「悠志郎さん……本当になにも感じませんか……？」

「後生です……柚鈴、こんなところで脅すのは止めてくださいっ」

「すごく……いやな感じがします……つい最近にも感じたことのあるような……」

繋《つな》いだ柚鈴の手にぎゅっと力が入る。

……怖い……怖がる……つい最近……柚鈴が……？

あ……。

悠志郎にはひとつだけ心当たりがあった。

しかし、今こんな場所で柚鈴に伝えてよいものだろうか……？

「や、やぁっ……すごく……すごく……なんかやだぁ……っ」

不意に、柚鈴の身体が小さく小刻みに震え始めた。声も震え、今にも泣き出しそうだ。

な、なんだ……なにが起っている……？

勇気の源である柚鈴がぶるぶると震えだしてしまった以上、自力でその原因を見つけなければ帰ることもおぼつかないだろう。仕方なく後ろから柚鈴を抱き留めながら、悠志郎は彼女が手にしている懐中電灯で、ゆっくりと周囲を照らし出していく。

「……やだ…やだ……この感じなんだか……いやっ……」

「ゆ、柚鈴……落ち着いて……落ち着いて……」

悠志郎は自分に言い聞かせるように囁いた。

柚鈴は物《もの》の怪《け》の類に驚いたりはしない。とすれば、きっと別のなにかだ。この世に存在するものであるなら恐くなどないのだ……と。

小さく震える柚鈴の身体をもう一度強く抱きしめると、不思議と心に勇気が沸いて来る様な気がした。

「あっ……やな感じが……消えた……」

硬直していた柚鈴の身体が、呪縛《じゅばく》から解かれたように弛緩《しかん》した。

「何度か見渡しましたが、人影は見えませんでしたよ」

「うん……でも……あれ……気のせいじゃないと思う……」

「さぁ、行きましょう。早く帰ってお風呂《ふろ》でも入れば、気持ちもきっとさっぱりします」

そう言って抱いていた柚鈴の身体を離した途端。

きぃぃぃぃぃん！と、耳鳴りがして、頭が割れんばかりの頭痛が悠志郎を襲った。

「ぐっ……なんだ……これ……っ……！　頭が……っ！」

「ゆ、悠志郎さんっ？」

とても柚鈴に答えるような余裕はなかった。

激しい頭痛とともに、頭になにかが流れ込んでくるような感じだ。

「悠志郎さんっ……！　ああっ……わ、私……どうすればっ……！」

全身が痺《しび》れ始め、思わずがくりと膝《ひざ》をついた時、柚鈴は他に方法を知らないかのように、
そっと後ろから悠志郎を抱きしめ、頭を優しく撫《な》でた。

すると……頭痛は先程よりも幾分か和らいでいくようだ。

暗い森の中、悠志郎を抱いている柚鈴の胸元から、淡い琥珀《こはく》にも似た光がほんのりと立

ち上っているように見える。

幻……だろうか？

「ああ……柚鈴……すまない……少しだけ楽になります」

「……どうしたんですか？」

「分かりません……頭が急に……すみません……でも……しばらくお願いします。……まだずきりずきりと痛むんです……」

柚鈴は頷くと再び悠志郎の頭を撫で始めた。かなり和らいだとはいえ、痛みは一向に引く気配がない。なにかが頭の中から……いや、身体の奥底から肉体を引き裂いてはい上がって来るような……そんな堪《こら》えがたい感覚が続いているのだ。

……柚鈴の胸に抱かれながら、どれくらい時間が経っただろう。

「悠志郎さん……悠志郎さん……っ」

「柚鈴……大丈夫……生きてますよ……」

すでに、帰るはずの予定時刻は過ぎているはずだ。おそらく皆が心配しているだろうが、まだとても歩けるような状態ではなかった。まるで悪霊にでも取り憑《つ》かれてしまったかのようである。

悠志郎は動けないし、柚鈴をひとりで帰らせるのは危険だ。

定時になっても戻らなければ、鈴香が自警団に連絡して探しに来る可能性が高い。幸いにして順路からは外れていないので、それを待った方がいいだろうか。

悠志郎がそう考えた時……。

「っ……？」

今まであれほど悠志郎を悩ませていた頭痛がすっと引いていく。まだ頭の中になにか重いものが残っているような気もするが、先ほどよりははるかにましだ。

「悠志郎さんっ？」

「ふぅ……なんとか……治まって来たみたいですよ」

「本当に？　よかった……」

柚鈴がそう言って、ほっと表情を緩めた瞬間。

しゃん！

すぐ近くに錫杖《しゃくじょう》の音が響いた。

「だ、誰っ！　ひっ……！」

暗闇の中からすっと人影が現れる。悠志郎たちがいる場所から、ほんのわずかな距離だというのに、それまではまったく気配すら感じなかった。

まるで突然現れたかのような感じだ。

「何故に抵抗する、悠志郎よ……」

現れた人影が低い声で問い掛けてきた。

徐々にはっきりとしてくるその人物の姿には……見覚えがあった。

確か、柚鈴が初めて境内の外に出た時にすれ違った僧形の男。

「あ……あっ……や……やぁぁっ!!」

柚鈴はその男を見た途端、またさっきのように身体を震わせ始め、悠志郎の身体にしがみついてきた。柚鈴が感じた視線というのは、やはりこの男のものだったのだろうか?

「あ、あなたは……何者ですか……?」

「我が名は真《しん》。……久しいな、柚鈴、悠志郎よ……」

僧形の男――真は、そう言って悠志郎たちを見つめる。相変わらず笠で顔を隠しているためにはっきりと見ることはできないが、その様子からしてかなり老齢のようだ。

「……何故……我々の名を知っているのです?」

「子の名を知らぬ父はいない……そういうことだ」

悠志郎の質問に、真は意外なことを口にする。

……子?

「……笑えない冗談ですね。私に父はふたりもおりませんよ」

「お前が嘉神の子であることを……嘉神の血脈を引いていることを誰が保証するのだ?」

理由は分からないが、真は悠志郎たちのことをよく知っているようだ。悠志郎は脅《おび》えたように震え続ける柚鈴の身体を抱きしめながら、真が何者なのかを探るように見つめた。

「誰も保証はしてくれないでしょう。ですが、父は私を子として見てくれている……それで十分です」

「そうか……」

真は微《かす》かに頷いたようだった。その言葉は、何処《どこ》か寂しげにも聞こえる。

「では、お前の……父は達者でいるか……？」

「ええ……」

悠志郎が頷くと、真は今度はどこか満足そうに頷いた。もっとも、その表情は笠に隠れて伺い知ることができないので、そう感じただけかもしれない。

「柚鈴よ……」

真は柚鈴にふと向き直る。

「ひっ……やっ……やぁぁっ……ち、近付かないでっ」

「柚鈴、触れさせてはくれぬか？」

「いやぁ！　いやっ……いやぁぁっ！」

「ゆ、柚鈴っ⁉」

真がほんの数歩近付いただけで、柚鈴はかくんと悠志郎の胸に倒れ込むようにして気を失ってしまった。

「はは……これはまた随分と嫌われたものだ……」

男は自嘲気味に笑いながら、どこか悲しそうな口ぶりでそう漏らした。

「が……仕方あるまいか……随分酷《ひど》いことをしてしまったからな……」

悠志郎は柚鈴の口元に手を当て、息をしていることを確かめると、真の方へ真っ向から向き直った。この人物は何者なのか？　柚鈴がどうしてこんなに脅えるのか？

夜の帳《とばり》の降りた森の中に潜んでいること自体が怪しいが、この男は悠志郎の父のことすら知っているような素振りだ。いつの間にか暗闇に対する恐怖は何処かへ消え去り、代わりにこの男への興味が少なからず沸いていることに気付く。

「……真さん、と言いましたね？　あなたは、まだ私の問いに答えていない。あなたは一体何者なのですか。私たちの父……？　どうも意味がよく分からない。あなたの目的……そして何故私たちの前にこうして現れたのかを伺いたい」

一度に質問をし過ぎのような気もしたが、それほど真の存在は謎《なぞ》だらけなのだ。他にも訊《き》きたいことは山ほどある。

「時間が許す限りは答えてやろう。今の柚鈴の絶叫を聞き漏らすほど、自警団も間抜けではなかろうて……」

真は乾いた声で笑った。

「あなたが……連続猟奇殺人事件の犯人……？」

「その答えは否だ。このような格好をしているのは、人目にこの顔を晒《さら》したくないからだ。僧形の者には、あまり人は関心を持たぬものだからな」

さあ、質問はひとつずつだ……と、真は笑う。

否定はしたが、この人物が事件の犯人でないという確証はない。できることなら捕縛すべきなのだが、頭や身体の痺れが完全に取れない以上、それは不可能であった。

ならば、せめてこの男の正体を知りたかった。

「承知した。では……まず、あなたは何者なのですか？」

「有馬の血を引く宮司……だった。今では過去の過ちを清算することだけが生きがいの、汚れた爺《じじ》さ」

「有馬の血を引く？」

「そうだ。私はあの境内で妻を娶《めと》り、子を授かった。この地に災いがないように、物の怪が出れば人目につかぬうちに退治する……そんな神職者だった」

有馬の血筋の者……だとすれば、一哉の先代の宮司と言うことになる。

悠志郎は、ふと鈴香から聞いた昔話を思い出した。

「では……失踪《しっそう》したという……」

「ほう、よく知っているな。だが……このあたりでは有名か。一夜にして境内の人間が、姪《めい》の沙久耶を残して全員失踪したのだから」

「何故失踪したのです？」

「……なにもかも、失ったからだよ」

真は嘆息するように息を吐いた。

「神道は穢《けが》れを嫌う。故に境内はいつも清潔に保つことが義務づけられる。分かるな？」

「え、ええ……」

悠志郎とて神社で育ち、神官を志しているのだ。その程度のことは、わざわざ真のような得体の知れない男から聞かされるまでもない。

「私は神の道を尊ぶべく生まれ、育てられた。なのに……娶った妻が……実は穢れた神の末裔《まつえい》だったとしたら……？」

「穢れた……神？」

「いや、よそう……今更言っても詮ないことだ」

真は口元を歪《ゆが》めるように、微かに笑みを浮かべる。穢れた神とやらがどういう意味なのか分からなかったが、それ以上重ねて質問しても答えるとは思えなかった。

「あなたの目的は？」

「自らの過去の過ちを清算するため、穢れた神……堕ち神を討ち滅ぼすことだ」

どうも言葉の意味が抽象的すぎて理解できない。そんな悠志郎の表情を見取ったのか、真は低い声で言う。

「……いずれ分かる時が来る。それがお前の運命だ。私の目的は……お前に会うことでもあったのだ。そして目的は達せられた」

「私に……会う？」

「そうだ。まさかお前がこの地に戻って来ているとは思わなかったが……ははは……まさに宿命の因果律の糸か……」

「謎解き遊びに付き合う余裕はないんですよっ」

悠志郎は言葉を荒げた。

曖昧《あいまい》な言葉ばかりを並べる真に、悠志郎は苛立《いらだ》ちを感じ始めていた。彼の答えは、はっきりと腑《ふ》に落ちるものがひとつとしてないのだ。

「そう怒るな。いずれ……いや、きっと近いうちにお前はすべて理解するだろう」

その時、遠くで懐中電灯の明かりがいくつか見え始めた。

柚鈴の悲鳴を聞いて駆けつけた自警団の人々だろう。

「……そろそろ時間のようだな。もっと語りたいこともあったのだがな」

「待ってください。不明瞭《ふめいりょう》な謎かけばかりで肝心の答えがないのは卑怯《ひきょう》です」

悠志郎は、その場から立ち去ろうとする真を呼び止めた。

「ふふ……すでに歯車はまわり出している。だが、行く末は私にも分からん。……おまえ自身で好きに変えるがいい。その力は与えた」

真は背中を向けると、そのまま暗闇の中へと歩き出した。

「だから、謎かけはっ！」

「悠志郎よ、柚鈴を愛したか……？」

「なっ……⁉」

「お前たちに、幸あらんことを……」

それが真の最後の言葉になった。

追い掛けようにも、身体の自由が利かない上に、柚鈴を放り出すこともできない。

その間に真の姿は闇に紛れ、影も、音すらも聞こえなくなってしまった。

「あっちだっ！　あっちに明かりが見えるぞ‼」

「おーいっ！　大丈夫かぁっ‼」

近付いてくる自警団の人々の灯《あか》りと声を聞きながら、悠志郎は真の消えた暗闇をじっと見つめ続けていた。


……夢、ではない。

悠志郎は自室の天井を見上げながら、つい先刻の、真と名乗る男との話を思い返していた。

あれから自警団の何人かが、悠志郎が出会ったという僧形の男を捜して森の中を駆けまわったのだが、ついに真の姿を見つけることができなかったという。

柚鈴は単に気を失っていただけで外傷はなく、神社に戻る前に意識を取り戻していた。

前回と同じように真と出会った前後の記憶は抜け落ちており、悠志郎が事情を説明しても不思議そうに首を捻《ひね》るだけであった。

「有馬神社の……先代の宮司……か」

悠志郎は部屋で横たわったまま、あの男が残した言葉をひとつずつ反芻《はんすう》してみる。

だが、彼が残した言葉には謎が多すぎるのだ。

なんらかの事情による失踪事件……。

堕ち神……と言っていたはずだ。妻が……穢れた堕ち神だと。

そして、悠志郎と柚鈴の父と名乗っている。

柚鈴の怯《おび》えと、悠志郎の頭痛……。

……分からない。

真の話を思い返せば思い返すだけ、謎が深まっていくような気がする。

ふと外の空気を吸いたくなり、悠志郎は今まで夜に開けたことのなかった障子を開いた。

柔らかな夜風がひんやりと頬《ほお》を流れて行く。月明かりが植えられた木々と岩とに遮られ、広い白砂利の庭に陽炎《かげろう》のような影を落としている。

廊下に出て庭先を眺めた後、悠志郎は空を仰ぎ見た。そこには満月に近い月が不思議な光を夜空に放っている。それは美しくもあり、禍々《まがまが》しいようにも思えた。

「……え？」

悠志郎は、不意に自分がひとりで闇の中にいることに気付く。家の中にいるとはいえ、辺りは暗く月明かりがぼんやりと照らし出しているだけなのである。

何故……平気なのだろう？

つい数刻前までは、あれほど恐かったというのに……。

あの腹の底から沸き上がるような恐怖感が、今はまったく感じられなかった。

……とさっ。

月明かりに身を晒していた悠志郎の耳に、なにか物音が届いた。音のした方を振り返ると、少し離れた場所にある部屋の障子が半開きになり、廊下には横たわった少女の姿。

「……美月!?」

急いで駆け寄ると、悠志郎は倒れていた美月を抱え起こした。また例の貧血かと思ったのだが、今回はいつもとは様子が違った。はあはあという熱い吐息に気付き、額に手を当ててみると、かなりの高熱のようだ。

物音に気付いたのか、隣の部屋の障子が開いて柚鈴が顔を出した。

「悠志郎さん、美月がどうかした……」

そこまで言って異変に気付き、柚鈴も慌てて駆け寄ってきた。

「美月っ！　ねぇっ、大丈夫？　返事してぇっ！」

柚鈴が必死になって声を掛けるが、美月に反応はない。荒く熱っぽい呼吸を繰り返すだけで、完全に意識を失っているようだ。

「柚鈴、すぐに葉桐さんと鈴香さんを呼んで来て。それから水と手拭《てぬぐ》いを。急いで！」

「う、うんっ!!」

悠志郎は美月の身体を抱え上げると、半開きになったままの障子を開いて部屋の中へと運び込んだ。あの元気だった美月。それが今はその片鱗《へんりん》さえなく、腕の中でぐったりとしたまま身動きひとつしなかった。

やがて駆け付けてきた葉桐や鈴香も、今までになかった美月の様子に青ざめた表情を見せた。急遽《きゅうきょ》、医者が呼ばれることになり、深夜だというのに有馬家は騒然となる。

だが、やってきた医者も結局は原因を特定することができず、とりあえず解熱剤だけを与えて様子を見ることになった。

屋敷には、重い雰囲気が立ちこめる。

交代で看病することになったため、悠志郎は柚鈴と共に美月の枕元に座った。

柚鈴が沈痛な面持ちで手拭いを替えると、再び額に乗せる。看病と言っても、所詮はこの程度のことしかできないのだ。

「美月……」

そう呟《つぶや》く柚鈴の声は、今にも泣き出してしまいそうだ。

悠志郎は、なにか気の利いた言葉のひとつも掛けてやりたかったが、こんな時に限ってなにも思い浮かんでは来なかった。

「柚鈴……美月はどう……?」

しばらくすると、葉桐が部屋に顔を見せた。

「さっきから熱が下がらなくて……手拭いもすぐ温まっちゃう」

「そう……。柚鈴、あとは私が見ているから、もう寝なさい」

「……いやぁ!」

大きな声だった。柚鈴がここまではっきりと感情を表に出すのは珍しい。葉桐も驚いた顔をして柚鈴を見つめている。

「やだ……やだぁっ! 私……美月が治るまでずーっとここにいるっ」

「柚鈴、それじゃ柚鈴まで身体を壊してしまうわ」

「やだやだやだっ! ここにいるもんっ! 美月が治るまでここにいるもんっ!」

ぽろぽろと涙を流しながら、柚鈴は頑として葉桐の提案を受け入れようとはしない。そんな頑《かたくな》な柚鈴の様子に説得するのを諦《あきら》めたのか、葉桐は苦笑いを浮かべる。

「分かったわ。でも、柚鈴まで倒れたら、母さん……悲しいからね」

「んっく……ひっく……う、うんっ……ごめんね……母様っ……」

葉桐は美月の顔を覗《のぞ》き込んだ後、

「では……時々様子を伺いに参ります」

悠志郎にそう声を掛けて部屋を出ていった。

葉桐が立ち去った後も、柚鈴は無言のまま、ぬるくなった手拭いを絞っては美月の額に当てた。何度も何度も……手拭いがぬるくなる度にそれを替え……。

悠志郎が座ったままうつらうつらと船を漕いでも。

柚鈴は夜が明けるまで、心配そうに美月の様子をずっと見守りつづけていた。


ふと気付けば夜が明けていた。

一夜明けても美月の容体は一向に回復する様子がなく、柚鈴は一睡もせずに看護を続けている。葉桐や鈴香が休むように言っても、美月の側を離れようとはしないのだ。

あれからずっと手拭いを絞り続けているために、柚鈴の手は赤く腫《は》れ上がっている。

「柚鈴……代わりますから、少し休みなさい」

「いやですっ」

「……部屋へ戻れとはいいませんから。手拭いは私に渡しなさい」

腫れた手はかなり痛いのだろう。不満そうではあったが、このままでは保《も》たないことを悟ったらしく、悠志郎に手桶の置いてある場所をそっと明け渡した。

「姿勢を楽にして、そこで座ってなさい」

悠志郎は柚鈴と場所を交代すると、手拭いを桶に浸して絞り、美月の額に当てる。

未《いま》だに美月の意識は戻らず、荒い息を吐くだけだ。柚鈴は足を崩しながら、じっと美月を見つめたまま目を離そうとしない。

しんと静まり返り、美月の荒い吐息だけが部屋に響く。

「柚鈴……ひとつ訊きたいのですが」

「……はい」

「どうして……そこまで一生懸命になれるのですか？」

美月が心配なのは分かる。だが、葉桐の言うことも聞かず、鈴香の申し出も断り、一緒にいた悠志郎がこうして手拭いを当ててることさえいやがるのは何故なのだろう。

「美月は物心付いた時から一緒にいた……一緒に母様の乳を飲んだ乳姉妹だから……」

柚鈴は赤く腫れた両手を懐で温めながら言葉を続ける。

「なにをするのも一緒で……私の一番の遊び相手でした。姉様もよく遊んでくれたけれど、やっぱり同い年の美月といろいろ遊ぶのがとても楽しかったんです」

柚鈴は、ぽつりぽつりと過去のことを話し始めた。

夜遅くまで、鈴香の目を盗んで語り明かしたこと。

境内に遊びに来た村の男の子たちに、髪の色をからかわれたこと。

そして、それを美月が箒《ほうき》を振りまわしながら助けてくれたこと……を。

「でも……私は……美月になにもしてあげることができなかった」

「柚鈴？」

「なにも……私は美月になにもしてあげられなかったのっ！」

瞳《ひとみ》からぽろぽろと涙をこぼしながら、柚鈴は悲痛な言葉を漏らし始めた。

「美月、なんでも自分でできちゃうから、私は迷惑かけてばかりで……なんにもしてあげられなかった。だから、だから……こんな時くらい美月の役に立ちたかったのっ！」

度々倒れる美月を見ているうちに、柚鈴の中に、もしかしてこのまま治らないのではないかという気持ちが芽生え始めていたのだろう。

特に今回は、いつもと違うだけにその不安も増大しているに違いない。

悠志郎は泣きじゃくる柚鈴の身体を、そっと抱きしめてやった。

「でも、きっと美月はそんなふうには思っていませんよ」

「だって……だってぇっ……ひっく……私……私ぃっ……」

「柚鈴の美味《おい》しい料理を食べさせてあげたり、鈴香さんの小言から助けてあげたり……。

宿題とかも、こっそり手伝ってあげたことあるんでしょう？」

「うんっ……あるけど……でもっ……」

柚鈴はしゃくり上げながら、悠志郎を見上げた。

「それでいいんです。自分のできることを、誰かのために心を込めてやるだけで。だから、そんなふうに自分を責めるのはやめましょう。そして、自分を思ってくれてる人のことをよく考えないと」

「えっ……？」

「葉桐さんも鈴香さんも、柚鈴のことを心配していますよ。だから、次に葉桐さんが来たらあとは任せましょう。いいですね……？」

「う、うん……ごめん……なさい……。で、でも……」

柚鈴は躊躇《ためら》うように言葉を濁す。彼女がなにを言いたいのかを察して、悠志郎は優しく微笑《ほほえ》み返した。

「この部屋にいたいのなら、私からもお願いしてあげますから」

「ありがとう……悠志郎さんっ……」

柚鈴はそう言って悠志郎の胸に顔を埋めてきた。悠志郎は、そんな柚鈴の髪を何度も撫でてやる。ずっと寝ていなかったせいか、それとも泣き疲れたのか……。

やがて、小さな寝息が聞こえ始めた。

第六章　堕ち神と神威

悠志郎は光の海にひとりで立ち尽くしていた。

どこか見覚えのある世界。そう……初めてここへやって来た時に……いや、それ以前から、ずっとずっと前からここを知っているような気がした。

……落ち着き、心安らぐ場所。現在でも未来でもない場所。

『やぁ、目覚めはどうだい？』

不意に誰《だれ》かの声が聞こえてきた。

落ち着いた穏やかな声だ。まるで幼なじみに声を掛けるような気さくさで悠志郎に問いかけてくる。不思議と不快ではない。

「悪くないよ。でも……これを目覚めと言うのだろうか？」

辺りは見渡すかぎりの光に被《おお》われているのだ。こんな現実世界があるはずはない。だとしたら、これは夢としか思えない。

そんな世界にいるのに、目覚めと言うのもわけの分からない話だ。

『目覚めさ……多分ね。君に力を与えた人の思惑とは、違う形の目覚めだけど』

よく意味が分からなかったが、不思議と苛《いら》立《だ》ちは感じなかった。

「……もう少し分かるように説明してもらえると助かるんだけど」

悠志郎の質問に、声は少し考えたように沈黙した後、ゆっくりと語り始める。

『悠志郎……君は神の力を託された神威《かむい》の子なんだよ』

「神……威？」

『そう、幼い頃《ころ》にそう宿命付けられたんだよ。君が力を望むなら、その手を動かすように使うことができるはずさ。どう使おうと君の自由だ。多分……この世界には君を止められる人はいないと思うよ』

「はぁ……まるで三文小説の主人公になった気分だよ」

悠志郎は思わず落胆の溜《た》め息をついた。彼の口からは胡散《うさん》臭い話しか出てこない。子供だって、もうちょっとまともなことを言うだろう。

『まぁ、そう言わないでくれよ。でも……そうだね。これから先を三文小説にするか、名作伝奇浪漫にするか、それとも……ごく当たり前の神事に携わる男の平凡な人生手記にするか。全部君次第なんだ』

そう言い終えると、彼の存在が徐々に小さくなっていく。姿は見えないが、おそらく彼は立ち去ろうとしているのだろう。

「もう……行っちゃうのかい？」

『そうだね……そろそろ僕は行くよ』

「なんだか、君の言っていることは最後まで分からなかったよ」

『僕が言ったことはすべて真実さ、僕はもう一人の君だからね。結果はいずれ分かるよ』

もっと色々と訊《き》きたいことがあったのに、声の主は笑い声を残して消えてしまった。いや……元から姿形はなかったのだから、その気配が消えたと言った方がいいのだろうか。

結局……悠志郎が何者なのか。神威の子とはなんなのか？

なにひとつ、はっきりしたことは分からなかった。

彼は御伽草子《おとぎぞうし》の主人公も腰を抜かすようなことばかり告げていった。

でも、不思議と引き止めようとは思わなかった。

いずれ分かる。

すぐに……分かる……。

その言葉の意味を、悠志郎は本当は知っているような気がしていた。


ぽちゃん……。

手拭《てぬぐ》いを絞る水音に、悠志郎ははっと目を覚ました。

……どうやら夢を見ていたらしい。閉じていた瞳《ひとみ》をゆっくりと開き、ぼんやりと視界が回復してくるにつれ、意識も少しずつ戻って来る。

「あ、お目覚めのようですね」

聞こえきた葉桐の声に、悠志郎は慌てて身体《からだ》を起こした。

「しまった！　申し訳ない。それで……美月の容体は？」

「相変わらずです……」

葉桐の言葉に美月を見ると、まだ苦しそうに息を喘《あえ》がせ続けている。医者に処方してもらった薬も効かず、快復の兆しすら見せていない。未《いま》だに額を冷やし続ける程度のことしかできないでいるのだ。

「今は何時ですか？」

「もう夕方ですよ」

葉桐の言葉に障子の外に目をやると、すでに空は赤く染まっており、半刻《はんとき》も経《た》たないうちに日が暮れようかという頃だ。

「夕食の支度もできています。お疲れでしょう……この後は私が引き継ぎますから、悠志郎さんは部屋へ戻ってお休みください」

「いえ……」

そう言い掛けた悠志郎は、室内に柚鈴の姿が見えないことに気付いた。あれほど頑固に美月の側《そば》から離れようとしなかったのに……。

辺りを見まわす様子で悠志郎の疑問を察したのたか、

「柚鈴でしたらよく眠っていたので、そっと部屋へ運んで寝かせてあります」

葉桐は苦笑しながら言った。

「そうですか……」

昨夜一晩、ずっと美月についていたのだ。かなり疲れているに違いない。だが、目が覚めると、また限界がくるまでここに居続けるつもりなのだろう。

悠志郎は、ふと柚鈴が美月と一緒にいたがっていたことを思い出した。

「ねえ……葉桐さん、柚鈴は美月と一緒にいたがっているんです。もし、今晩もここから動かないようであれば一緒に寝かせてやってくれませんか？」

「なりませんっ！」

悠志郎の言葉に、葉桐は間髪を入れずにきっぱりと言い放つ。その怒気のこもった声に意表を突かれ、悠志郎は思わず言葉を失ってしまった。

「あ……その……すみません」

唖然《あぜん》とする悠志郎を見て、葉桐は慌てて言葉を続けた。

「美月はどんな病気か分かりませんから、もし……柚鈴にうつっては……と」

「いえ……分かりました。そういうことであれば仕方がありませんね」

確かに美月はいつもの貧血とは様子が違う。もしかすると、伝染病の類《たぐい》かもしれないのだ。葉桐の心配はもっともなものであった。

「はい。なので……美月の容体がよくなるまで……もうこの部屋には入れさせないでください。柚鈴には私からもよく言って聞かせますから、悠志郎さんも決してその様なことをさせないようにお願いします」

「……分かりました」

柚鈴の願いを聞いてやりたい気持ちは十分にあったが、葉桐のいうことも理解できる。

悠志郎は仕方なく頷《うなず》くと、葉桐が用意してくれた夕食を取るために立ち上がった。また今晩も、葉桐や鈴香と代わって美月の看病をしなければならないのだ。今のうちに体力を付けておく必要があった。

「……っ⁉」

部屋を出ていこうとした悠志郎を、葉桐がハッとしたように振り返る。

その様子にただならぬものを感じた悠志郎は思わず足を止めた。美月の容体に変化があったのかと思ったのだ。

「なにか？」

「あ……いえ、別に……なんでもありません」

悠志郎が声を掛けると、葉桐は動揺したように視線を泳がせた。

「……？」

なにかを言いたげなように感じたので、しばらく葉桐を見つめ続けていたが、結局彼女はなにも口にしようとはしない。妙だとは思いながらも、悠志郎は葉桐に一礼すると廊下へと出た。

……なんなんだろう？

葉桐の様子は明らかにおかしい。まるで悠志郎からなにかを感じて動揺しているかのようであった。彼女があのような態度を取るのは初めてのことである。

……別にどこも変わりはないんですけどねぇ。

何気なく自分の身体を見まわした悠志郎の脳裏に、ふとさっきまで見ていた夢の内容が浮かび上がってきた。夢の中で「彼」が言っていた言葉を……。

……目覚め、か。

未だに意味はよく分からないが、思考は錯綜《さくそう》しているのに身体はなにやら好調だ。

悠志郎は試しにゆっくりと拳《こぶし》を握ってみた。

途端、拳の肉が盛り上がり、血管が浮き上がってくる。まるで不思議な力を纏《まと》ったような感覚だ。この拳なら岩を砕き、なんでも握り潰《つぶ》せそうな気さえした。

思わず拳を緩めると、すっと力が抜けていつもの見慣れた自分の手に戻っていく。

……まさかね。

悠志郎は自分の想像がおかしかった。

あんな夢を真に受けるなどどうかしている。立て続けに色々なことが起こったので、まだ少し混乱しているようだ。

そう自分に言い聞かせながら、悠志郎は台所へと向かった。

夕食を終えた悠志郎が廊下に出ると、美月を看《み》ていたはずの葉桐が沈痛な表情を浮かべて歩いてくるところだった。美月になにかあったのでは……と考えた悠志郎は、慌てて葉桐へと駆け寄った。

「葉桐さん、どうしました？」

「あ……いえ……お医者様に、もう一度薬を頂きに行こうと思いまして……」

「しかし、夜道は女性に危険ですよ」

すでに日は暮れてしまっているし、例の猟奇殺人の犯人も未だに捕まってはいないのだ。

だが、そんなことは承知の上だろう。

「……娘のためですから」

案の定、葉桐ははっきりと言い切った。

「場所を知っていれば代わりに行くこともできたのですが……」

「お心づかい、痛み入ります。では、急ぎますので」

白い封筒を抱えた葉桐はそう言って急ぎ足で玄関に向かったが、ふとなにかを思い立ったように足を止め、悠志郎を振り返った。

「あの……もし……」

「はい？」

「……いえ、なんでもありません。失礼します」

その様子があまりにも不自然に見えて、悠志郎は思わず声を掛けた。

「葉桐さん。なにか思うことがあるのでしたら……」

なんだか今日の葉桐はいつもと違うような気がする。隠し事をしているというか、なにか切迫した状況に脅《おび》えているかのようにも見えるのだが……。

「先を急ぎますから」

「葉桐さんっ！」

悠志郎の声に振り返ることなく、葉桐はそそくさと薄暗い玄関の方へ姿を消した。よほど追い掛けようかと思ったが、引き止めてもなにを訊き出してよいのかすら分からない。

……くそっ！

昨夜の真との出会いに始まって、美月の発病、わけの分からない夢、明らかに妙な葉桐の言動。自分のまわりでなにかが起きているのは間違いないのだが、それがなんなのかはひとつとして理解できずにいる。

悠志郎はそんな自分に苛立ちを感じていた。

床に映る月明かりに夜空をふと見上げれば、今日も煌々《こうこう》と月が夜空を照らしている。そんな月夜を眺めていると、少しずつ荒《すさ》んだ心が和んでいくようであった。

……そうだ、美月を。

葉桐が出掛けたのなら、誰も側にいないことになる。悠志郎は廊下を歩いて美月の部屋へと移動した。葉桐が戻るまでついていてやるべきだろう。

だが、部屋の前まで来ると、誰かが手拭いを絞る音が聞こえてくる。

鈴香だろうか……と思いながら障子を開けると……。

「柚鈴っ!?」

そこにいた人物を見て、悠志郎は思わず声を上げてしまった。

「きゃっ！　……悠志郎さん、驚かさないでください」

いつ目覚めたのか、美月の枕元《まくらもと》には柚鈴が座っていた。葉桐が後を託したわけではないだろう。柚鈴はこの部屋に近付かせないと言っていたはずだ。

「柚鈴……葉桐さんから言われませんでしたか？」

悠志郎が問うと、柚鈴は美月の額に手拭いを当てながら俯《うつむ》いた。

「はい……でも……そんなの納得がいきません」

「柚鈴にうつったらどうするのです？」

「構わないです……美月がよくなるのなら、それでもいいです」

「困った子ですね、柚鈴は……」

悠志郎は溜め息をついた。

「いくら悠志郎さんがやめろって言っても、これだけは……聞けません」

柚鈴はそう言うと、口を結んで真剣な目で悠志郎を見つめた。その様子を見る限り、なにを言っても無駄だろう。柚鈴の表情には不退転の覚悟が浮かんでいる。

「……分かりました。ただし、柚鈴がもし病気になったとしたら、私は柚鈴がいくら離れてと言っても聞きませんからね。覚悟しておいてください」

「悠志郎さん……ありがとうっ」

柚鈴はようやく表情を弛《ゆる》ませて笑みを浮かべる。

……仕方がない。

自分が葉桐に怒られて済むならそうしよう、と悠志郎も覚悟を決めて畳の上に腰を降ろした。それ以外に、この頑固な少女を納得させる方法を思いつかなかったのだ。

うとうとしていた悠志郎は、ひんやりとした夜風にはっと目を覚ました。

美月の側でずっと柚鈴と話をしていたのだが、いつのまにかまどろんでいたらしい。時計を見ると、すでに夜の十一時をまわっている。

美月の容体が安定したままなので、少し気が緩んでしまったのだろう。柚鈴も床へころんと転がって居眠りをしていた。

……このままでは風邪をひいてしまうな。

そう考えて毛布でも持ってこようと障子を開けた時――。

「……っ⁉」

悠志郎は廊下に点々と落ちている血痕《けっこん》に気付いた。

それは廊下の奥へと続いている。急いで血痕の跡を辿《たど》ってみると、有馬夫妻の部屋へ行き着いた。部屋の灯《あか》りは消えている。悠志郎は焦る気持ちを抑え切れずに障子の外から呼びかけてみた。

「一哉さん⁉　葉桐さん⁉　どうしたのですか？」

だが、部屋の中からは気配すら感じられない。

「入りますよ！　いいですね⁉」

返事を待たずに障子を開け放った悠志郎は、そこにある光景に息を飲んだ。

仲良く並べられた二組の布団。

その片方……無惨に首筋を切り裂かれ、血にまみれた一哉の姿があった。

「一哉さん‼」

慌てて駆け寄って口元に手をかざしてみるが、すでに呼吸はなかった。窓から差し込む月明かりに、見開いたままの瞳が蒼《あお》く照らし出されている。

……死んでいる？

初めて目の当たりにする亡骸《なきがら》に、心臓が高鳴ってくるのが分かった。

……お、落ち着け……落ち着くんだ！

悠志郎は自分にそう言い聞かせながら、必死になって状況を理解しようとした。

この状態から見るに、これは間違いなく殺人だ。だとすると、まだ犯人が近くにいる可能性がある。急ぎ窓辺に駆け寄って周囲を見渡すが、それらしい人影はない。

……そうだ、柚鈴や美月、鈴香さんは大丈夫だろうか？

そう考えた悠志郎が踵《きびす》を返し、廊下へ引き返そうとした時だった。

「きゃぁぁぁぁっ!!」

屋敷の中に悲鳴が響き渡る。

「柚鈴っ!!」

その悲鳴が誰のものなのかを悟って、悠志郎は廊下へと飛び出した。妙に身体が軽いことに気付きながらも、一足の間合いを大きくとって廊下を全力で駆け抜ける。

「柚鈴！　美月！」

開け放たれた障子越しに美月の部屋を見まわすが、室内には誰の姿もなかった。

美月が寝ていたはずの布団は壁に叩《たた》き付けられたかのように散乱し、手桶《ておけ》は畳の上に転り、汲《く》まれていた水があたりに黒い染みをつくっている。

「悠志郎さん！　なんの騒ぎです!?」

大きな物音にただならぬものを感じたのか、隣の部屋から鈴香が姿を見せた。とりあえず、彼女だけは無事なようだ。

「鈴香さん……落ち着いて聞いてください」

悠志郎は大きく息を吐くと、この異常な状況を伝えるべく口を開いた。

「柚鈴と美月がいなくなりました」

「え……？」

「それから……それから何者かが屋敷に侵入して、一哉さんが……殺されました」

「そ、そんな……嘘《うそ》……」

いきなり衝撃的なことを聞かされた鈴香は、悠志郎の言葉を否定するようにゆっくりと首を振ったが、廊下に落ちている血痕に気付いて表情を凍らせた。

そして、ふらふらと荒れた美月の部屋を覗《のぞ》き込む。

「柚鈴と美月が……いなくなった……？　父様が……殺された？　嘘……うそぉっ!!」

「鈴香さんっ！」

悠志郎は、声を震わせながらよろける鈴香の身体を急いで抱き留めた。

「あぐっ……ううっ……悠志郎……さん……っ」

「いいですか、よく聞いて。事態は一刻を争います」

「は……はいっ……」

「私は近くに犯人がいないか探してみます。少なくとも柚鈴の悲鳴は聞こえました。この暗がりの中、ふたりを連れて逃げたのならそう遠くへは行けないはずです」

そう説明すると、悠志郎は鈴香にふたつのことをするように指示した。

ひとつはこの件を警察に連絡すること。

そしてもうひとつは、姿の見えない葉桐を探すことだ。

葉桐は医者に行ったはずだが、時間からしてもう戻っていなければならないはずである。

この騒ぎの中で姿を見せないというのが気になった。

「わ、分かり……ました……」

悠志郎の言葉に頷きはしたが、鈴香は不安げに床を見続けたまま動こうとはしない。

突然これだけのことが起こったのだ。いつもは凛《りん》とした強さを持った彼女も、不安に押しつぶされそうになっているのだろう。

だが、今はいつものように気を強く持ってもらわねばならない。

悠志郎は鈴香をぎゅっと抱きしめ、背中を少し強めに叩いた。

「怖いでしょう。不安でしょう。でも、今はあなたの力が必要です。いつもの強気な鈴香さんに戻ってください」

「はっ……くっ……うう……」

何度か背中をぽん、ぽんと叩いているうちに緊張が解け始めたようだ。少しずつ身体の震えが治まり、吐息もゆるやかなものへ変わっていった。

「悠志郎……さん……いつまで抱いておられるのですか……？」

胸の中で微笑《ほほえ》む鈴香の声は、すっかりいつもの気丈な声だった。そっと身体を離すと、彼女は少しばかり照れ臭そうに微笑んでいた。

「上出来です、鈴香さん。では後のことを頼みます」

「あ、待って……悠志郎さん」

そのまま駆け出そうとした悠志郎を呼び止めると、鈴香は自分の部屋に戻って一振りの刀を持ってきた。その飾り気のない刀を、そっと悠志郎に差し出す。

「我が家に伝わる霊刀です。残念ながら名前は分かりませんけど……もしものことがあったら使ってください」

相手が何者か分からない以上、武器はあった方がよいだろう。

「……ありがたく」

悠志郎は霊刀を受け取ると、気を付けて……という鈴香の声を背中に受けながら、玄関で草履《ぞうり》を引っかけると急いで外へと飛び出した。

玄関まで続いていた血痕は、その後も途切れることなく点々と境内を越えて裏山の方へと続いている。他に手掛かりがない以上、これを辿るしかないだろう。幸いなことに、今夜の月は格別目映く辺りを照らしているので、明かりがなくとも十分に追跡はできる。

刀を腰に結わえると、悠志郎は急いでその跡を追い始めた。

境内から続く血痕を辿り森へ入る。この間までは怖くて柚鈴にしがみついていたというのに、やはり今ではまったく恐怖を感じない。それどころか、こうして森の中を駆けていると次第に心が落ち着いてくるかのようだ。

冷静になるにつれて、徐々に思考力も回復してくる。

悠志郎はこの件を最初から思い出して、いくつか妙な点があることに気付いた。

まず、この血痕……。

廊下に落ちている血痕は、一哉の返り血を浴びた犯人が滴らせたものだと勝手に思い込んでいたのだが、量から考えるとそれは逆ではないだろうか？

これは手傷を負った犯人が屋敷に侵入し、一哉を殺したと考える方が自然だ。

だが……それでは、一体誰に傷付けられたのだ？

それに不審な点はまだある。柚鈴と美月がいくら小柄で軽いとはいえ、これだけの出血を強《し》いられている状態でふたりを連れ出すのは不可能だろう。

第一、美月の部屋に血痕は落ちていなかったはずだ。

だとしたら……。

めまぐるしく頭を回転させながら森の中を疾走していた悠志郎の視界に、ふと白いものが入った。足を止めて拾い上げてみると、それは上質な和紙で作られた封書であった。

宛名に目を走らせた途端、悠志郎の胸がどきりと高鳴る。

『有馬葉桐殿』

医者に行くと屋敷を出た時の葉桐は、確か手に白い封筒を持っていたはずだ。

あの時は処方箋《しょほうせん》だと思っていたのだが……。

悠志郎は急いで封を開いた。葉桐宛てに来た手紙を見るのは礼儀に反することだが、今はそんなことに構っている場合ではない。

『本日深夜境内裏の森。主と別れたあの場所にて再会願うもの也《なり》』

短い文の最後には、父……と書いて締めくくってある。

……父？

葉桐に父親の話は聞いたことはないが、何故親子が深夜の森の中で会う必要がある？

ともあれ、ずっと姿の見えなかった葉桐がなんらかの形で事件の渦中にいることは間違いないようだ。

すべての謎《なぞ》を解くために、悠志郎は再び血痕を追って森の中を走り出した。

血痕は暗い森の中だというのにはっきりと、克明に浮き上がって見える。それどころか全力で駆けているというのに、獣道の起伏や落ちた紅葉の模様さえ分かる。

……私の身体は一体どうしてしまったのだろう。

悠志郎は普段よりもずっと速い速度で走り続けている自分に驚いていた。呼吸はまったく乱れない。これは夢の中で聞かされた『目覚め』と関係があるとしか思えなかった。夢の中で声が語った言葉が思い出され、悠志郎は慌てて振り払うように頭を振った。

今は余計なことを考えている場合ではない。

一刻も早く、柚鈴たちを見つけ出すのが先決なのだ。

「……っ!?」

追い続けていた血痕が急に途切れ、悠志郎は慌てて足を止めた。

犯人はどうやらここで深手を負ったらしく、一際激しい血飛沫《ちしぶき》が飛んでいる。顔を上げてみると、辺りの森は惨憺《さんたん》たるありさまであった。

木は倒れ、枝は折れ、葉は飛び散り、残った木々のあちらこちらに焼けこげた跡がある。

……ここでなにが起ったんだ?

火器を使った戦闘でもこうはならないだろう。第一、太い樹木を刀で切ったように切断するなど、とても人間業とは思えない。この文明開化の世の中……科学が迷信を追いやろうというご時世なのに、悠志郎の持っている知識ではどうしても説明がつかなかった。

まるで神々が舞い降り、その力を振るったとしか思えない。

「うっ……ううっ……」

呆然《ぼうぜん》と辺りを見まわしていた悠志郎の耳に、虫の鳴き声に混じってかすかな声が聞こえてきた。慌てて声の聞こえてくる方向に意識を向けた悠志郎は、折れた大木の下に見知った顔を見つけて駆け寄った。

「真……!?」

「ゆ、悠志郎……か」

悠志郎が近付くと、真は荒い呼吸を繰り返しながら血まみれの顔を上げた。

よく見ると全身に酷《ひど》い傷を負っている。僧衣は無惨に切り裂かれ、腹部の傷からは臓物が覗いていた。息があるのが不思議なほどだ。

手当をしても助かるとは思えない。

それでも止血ぐらいは、と悠志郎は真に手を伸ばしたが……。

「無用……もう長くはない」

真はゆっくりと首を振ると、生きて会えるとは思わなかった……と乾いた声で笑った。

「……一体、なにをしたのです」

「過去の清算だ……穢《けが》れた妻との間に……できた子を……この手で……」

「……この手紙は、あなたが出したのですね？」

先ほど拾った手紙を懐から取り出して見せると、真は小さく頷く。父と署名した者が真だとすると、その子とは……葉桐のことに違いない。

「堕ち神……葉桐さんが？」

真がこの前言っていた、穢れた神……。

「葉桐さんを殺したのですか？」

「奴《やつ》は……堕ちたとはいえ神の末裔《まつえい》。力を失いつつある私に勝ち目はない……手傷を負わせるのが精一杯であった……」

だとすると、あの血痕は葉桐のものだろう。ここで真と戦い、傷付いて家に引き上げた……そこまでは間違いない。

「何故、葉桐さんを殺そうとしたのです？」

「私の妻は……その素性を隠した堕ち神の末裔だった……」

悠志郎が問うと、真は荒い呼吸を繰り返しながら途切れ途切れに語った。

「堕ち神は伴侶《はんりょ》の精を食らい……子を宿し……そうして輪廻《りんね》を繋《つな》いでいる一族だ。神職にありながら……その堕ち神を愛してしまった……だが……儲《もう》けた子の血を絶やさねば……罪もない氏子の子がまた……死ぬ……」

「どういうことです……？」

「堕ち神の子が……成人を迎える頃……同い年くらいの女子の精を幾人分か必要とするのだ……昔……私がその怪事件を追って……追い詰めた犯人……それが……葉桐だ……」

では、葉桐が猟奇殺人事件の犯人？

いや待て……葉桐はとうの昔に成人を迎えているはずだ。

だが、怪事件はこの土地で数年ごとに起こっていると聞く。一哉の件を別として、先代の犯人が葉桐だとしたら今回の一連の事件の犯人は……。

「……ま……さか……」

悠志郎はあまりのことによろよろと数歩後退《あとずさ》った。自分の考えを否定したくとも、これまでの出来事を思い出すとすべてが符合する。

「……悠志郎……よ」

呆然とする悠志郎に、真が静かに言葉を続けた。

「葉桐には娘がおるだろう……？」

「……っ⁉」

推測が最悪の形で事実になり、悠志郎はギクリと身体を強張《こわば》らせる。

……美月っ⁉

「あの時と同じことが起きていると聞いた……。頼む……これ以上氏子が死んで行くのは辛抱ならぬ……葉桐の子を……止めてくれぬか？」

「……止める、とは？」

「殺すか……封ずるか……だ」

真の言葉に悠志郎は軽い目眩《めまい》を感じた。

あの美月を殺すか……封ずるか？

「もし……柚鈴の……神威の力を奪われれば、堕ち神の子は間違いなく覚醒《かくせい》してしまう。しかも神を喰《く》らっての覚醒では、もはや……人として生きていくことも……できまい」

「だから、私に美月を殺せと言うのですかっ⁉」

悠志郎の悲痛な叫びに、真は答えようとはしなかった。

それを為す者が他にあろうはずはないという意味だろう。堕ち神を止めることができるのは、神威としての目覚めを始めている悠志郎以外にはいないのだ。

「あんなに仲のよい姉妹を……第一、美月と柚鈴は先程から行方が……」

「ひ、皮肉なものだ……堕ち神と…神威の子が姉妹とは……しかし……まずいことになっているようだ……ぐふっ……」

真の口元から多量の血が滴り落ちる。気力だけで持ち続けていた真の生命が、この世に留《とど》まっていられる限界に近付きつつあるようだ。

「しっかりしてください！　まだ死なれては困ります！」

「悠志郎……すまぬ……まだ幼子であったお前に神威の力を与えてしまったばかりに……このようなことを押しつけることになった……」

真は気力を振り絞って悠志郎の手を取ると、残された生命力のすべてを使うかのように握りしめてくる。

「美月と言ったな……葉桐の娘を……止めてくれ……。お前は柚鈴のことを……好いているのであろう？」

「ええ……」

「あの娘にも……不憫《ふびん》なことをしてしまった……。堕ち神を……憎むあまり……お前だけではなく……沙久耶を犯してまで……神威の子を……」

「……っ!?」

真の言葉に、悠志郎は柚鈴の本当の父親が何者なのかを知った。

後天的に力を与えられた悠志郎よりも、邪を払う者の血を色濃く受け継ぎ、その身体の中に神威の力を宿した少女……。

彼女の銀の髪は、その象徴ともいえるものであったのだ。

「柚鈴の元へ急げ……悠志郎。お前には分かるはずだ……」

「分かりませんよっ！」

真に対する嫌悪感もあって、悠志郎は吐き捨てるように言った。簡単に分かるのならば、こんな苦労などしないのだ。とっくに柚鈴の元へと駆け付けている。

「感じるのだ……お前と……柚鈴は……ひとつの……神威の魂を……分かった者同士……い、急げ……っ……夜が明ければ……柚鈴は……」

「真……!?」

「……私の……を……許せ……悠志郎……」

その言葉を最後に、悠志郎の手を握る真の手からゆっくりと力が抜けていき……やがてぱたりと地面に落ちた。悲しげに開いたまま動かなくなった瞳。悠志郎は目蓋《まぶた》にそっと手を当てて閉じてやる。

過去にこの男がなにをやったのか……。

幼子であった悠志郎に神威の力を与え、鈴香の母を犯してまで堕ち神を滅ぼす子を手に入れようとした。いくら堕ち神が憎いといっても、そのために柚鈴の人生を犠牲《ぎせい》にするような権利などありはしないのだ。

悠志郎は真という男を気の毒には思うが、とても許す気にはなれなかった。

……だが、真の言った言葉だけは信じてみようと思う。

自分にどれほどの力があるのか分からないが、柚鈴に危機が迫っているというのなら、そのすべてを使って柚鈴を守ろうと。

美月を……殺すか……封ずるか……。

……その場にならなければ決断はできないが、柚鈴だけは守り抜く！

悠志郎は目を閉じると、大きく息を吸い込んだ。真はこの身体が目覚めているのなら、柚鈴の居場所は分かると言っていた。

「柚鈴……柚鈴っ……！」

祈るように呟《つぶや》きながら、悠志郎は柚鈴を感じようと意識を集中させる。

途端——。

「悠志郎さぁぁん！」

「……っ！」

見えたっ！

広い森の中で助けを求める柚鈴の姿。明確な映像として浮かび上がったわけではないが、悠志郎には彼女がどこにいるのかを感じることができた。

方角を見定めると、悠志郎は身体を弓のようにしならせ、矢のように森を駆ける。

人間とは思えないほどの速度だ。ちらりと足元を垣間見《かいまみ》れば、踏みしめた足元で大きく風が巻きあがり、枯れ葉が吹き飛んで行くのが分かった。

辺りの景色は溶けたように歪《ゆが》むが、行くべき方向だけは悠志郎の眼前に鮮明に浮かび上がっている。張り出した木々の枝を紙一重で避けながら、森を駆け、獣道をひたすら柚鈴の『声』が響く方向へと突き進んだ。

やがてその気配が徐々に近付き始めた時。

「……っ⁉」

視界の先に人影が見えた。

悠志郎は足をふん張り、殺しきれない勢いに枯れ葉を派手に吹き飛ばしながら人影へ近付いて行った。

速力を完全に落とした後は、ゆっくりと間合いを詰めていく。

やがて……青白い月光が、端麗《たんれい》な顔立ちをした人影を美しく照らし出した。

「父と……会ったのですね？」

哀《かな》しい笑顔が悠志郎を迎えた。

「葉桐……さん……」

頬《ほお》や服に血糊《ちのり》を付けたままの姿は、凄惨《せいさん》というよりむしろ神々しく見える。

すべてに疲れ切ったという表情を浮かべながらも、彼女はまるで悠志郎の行く手を阻《はば》むかのように、じっと小径《こみち》の真ん中に立ちつくしていた。

「なにもかも知ってしまった……そんな顔ですね」

「いえ、まだ色々と伺いたいことは沢山《たくさん》ありますが……」

悠志郎は葉桐に向かって、ずいっと一歩踏み出した。

「今はそこを退《の》いて頂けませんか？　この先で柚鈴が待ってる」

「それはできません。夜が明けるまで……あなたを先に進ませるわけにはいかないのです」

「夜が明ければ……柚鈴は殺されてしまうかもしれないのに？　あんなに可愛《かわい》がっていた娘を見殺しにするのですか？」

「柚鈴は……私の本当の子供のように、乳飲み子の頃からずっと一緒に暮して来たのです」

悠志郎の言葉に、葉桐は唇を噛《か》んだ。

彼女が好んで柚鈴を犠牲にしようとしているのではない。その想《おも》いだけは伝わってきたが、このままなにもせずにいるのであれば同じことだ。

「堕ち神の……血ですか……？」

葉桐は悠志郎の問いに深く俯き、そして悲しみを湛えた瞳で見つめ返した。

「だから……だから柚鈴を部屋に入れるなと言ったのです。覚醒が近い美月の側に、歳の近い女の子がいれば……あの子は最後の贄《にえ》として柚鈴を選んでしまうから……」

その声は今にも泣きそうなほどに震えている。生まれ持った宿命の中で、葉桐はできる限りのことをして娘たちを守ろうとしたのだ。

「だから……美月の具合が悪くなる度に、柚鈴を襲わないように人様の子をさらい……美月に……与えていたのです」

「では、一連の事件の犯人は⁉」

「……私です」

葉桐の呟くような告白に、悠志郎は愕然《がくぜん》となった。

覚醒を始めた美月が無意識のうちに人を襲っていたのかと思っていたが、まさか葉桐がこのような形で関《かか》わっているとは……。

「なんと言うことを……子を奪われる痛みがあなたに分からないはずないでしょう！」

「それでも……それでも、私たちがこの地上で生きるには……わが子を守るためには……

そうするしかないのです！」

「そのためには、柚鈴まで差し出すと言うのですね？」

悠志郎が睨《にら》みつけると、葉桐は強く握った手を小さく震わせた。

「一度捕食が始まれば……もう……止めることはできません。だから……いつ覚醒するか分からない状態だったから、ずっと私がついていようと思っていたのにっ！　私が父に呼ばれ……戻る間に……」

どうやら葉桐がふたりを連れ出したのではなく、覚醒を始めた美月が、すぐ側にいた柚鈴を捕食するためにさらったようだ。

「もし、その捕食に邪魔が入ったら？」

「身体が維持できなくなって……日の出と共に死にます」

葉桐の始祖がなにをしたのか悠志郎には知る術《すべ》はない。だが、たとえ罪を犯した者とはいえ、神はここまで残酷な仕打ちをするのだろうか。

「悠志郎さん……あなたに父と同じ邪を払う気配を……神威の気配を感じた時から、こうなることは覚悟しておりました」

葉桐はゆっくりと悠志郎に近付いていく。

あの時……美月の部屋で見せた葉桐の妙な態度。彼女は悠志郎が神威の力に目覚め始めていることを知っていたのだ。

「いやっ、いやぁっ！　やめて美月っ！　お願いよぉっ‼」

「……柚鈴っ⁉」

そんなに遠くない場所から、柚鈴の悲鳴が聞こえてきた。反射的に走り出そうとした悠志郎の前に、葉桐がまわり込むようにして立ち塞《ふさ》がる。

「始まりました……もう……止められない」

「くっ……」

捕食を邪魔すれば……美月は死ぬ。

だが、このまま座していれば、柚鈴がその犠牲となるのだ。

悠志郎は一瞬躊躇《ちゅうちょ》した後、左手をそっと刀に掛けた。ひんやりとした感触と、そして刀自身から武者震いのような微《かす》かな震えが伝わって来る。

「葉桐さん。私はあなたが好きでした」

悠志郎はゆっくりと刀を鞘《さや》から抜き払う。

「しかし……どうしても、そこを退いていただけないのなら、私は神威の子として……あなたを斬《き》らねばならない」

自分自身に言い聞かせるように告げると、悠志郎は刀を構えて葉桐に向き直った。

だが、葉桐は身じろぎひとつしようとはしない。

「娘を愛さない……守らない母はおりません。私は堕ち神の末裔として……美月の母として死にましょう！」

悲しい決意が葉桐の瞳に宿り、頬を伝ってこぼれ落ちた。

悠志郎の脳裏には、有馬家に来てからの楽しい思い出が次々と浮かんでは流れていく。

優しかった葉桐のことを頭から振り払うようにして、悠志郎は刀を握り直した。

「参る……！」

悠志郎は青白い刀身を弧を描くように振り上げながら、葉桐に向かって地を蹴《け》った。

相手は堕ち神。堕ちたとは言っても、その力は人間の比ではないだろう。長い戦いを覚悟しながら一撃目を振り下ろした時。

「あぐぅぅっ……！」

目の前の光景に、悠志郎はしばし呆然となった。

葉桐はまったく動くことなく、悠志郎の放った剣をその身で受け止めたのだ。

彼女はそのまま間合いを詰め、思わず身を引こうとした悠志郎の身体にしっかりと抱きついてきた。柄を握る手に、葉桐の傷口から流れ出る生暖かい血が滴り落ちていく。

「何故……何故……です⁉　何故避けなかったのです！」

「父と戦って……力を消耗しすぎました……」

葉桐は荒い息を吐きながらも、悠志郎を離そうとはしなかった。

「父から娘を守るために……最後は夫の精まで食らったというに……やはり、神威の子に

は勝てる気がしませんでした。ならば、せめてあの子が目覚めるまでの時間稼ぎにならなければ……先に逝った夫に逢《あ》わす顔がありません……」

「なんということを……っ」

「私の母も父から私を庇《かば》い……死にました。娘のために死ぬことは怖くはありません。母は子の将来を思えば、鬼にもなれるのです……」

葉桐の口元から一筋の血が流れ落ちる。

まるでそれが合図になったかのように、彼女の声は次第に弱々しくなっていった。

「葉桐さん……」

「普通に人の子として、好きな人に愛され……子を育て……老いて行く。私はただそんな女の幸せをあの娘に与えてあげたかっただけ……」

「葉桐さん……葉桐さんっ！」

悠志郎の頬に当たっていた弱い息が……途切れた。

がっちりとしがみついていた身体が少しずつ軽くなり、葉桐の姿がぼんやりと虚ろぎ始めた。堕ち神は、その屍《しかばね》すらこの世に残すことを許されないかのように……。

「葉桐……さん……」

まだ温もりの残る葉桐の身体は徐々に透き通っていき……やがて、その姿を完全に消し去った。それまで動くことのできなかった悠志郎は、ようやく自由を取り戻した。

「さよなら……葉桐さん。あなたが美月のためにすべてを賭《か》けたように……私もまた柚鈴のためにすべてを賭けているのです」

袂《たもと》で滲《にじ》んだ涙を拭《ぬぐ》うと、悠志郎は霊刀についた血糊を払って鞘に収めた。

まだすべては終わっていないのだ。

「柚鈴っ……今行くっ！」

悠志郎そう呟くと、柚鈴の悲鳴が聞こえた方へ向けて全力で駆け出していた。


「柚鈴！　何処《どこ》ですかっ⁉」

悠志郎は森を駆けながら、精一杯声を張り上げて柚鈴を呼んだ。

だが、返事はどこからもなく……辺りを見まわしても、ふたりの姿はない。

……遅かったのか⁉

悠志郎は頭に浮かんだ最悪の結果を振り払うように首を振った。

——と、その時。

右手の方に、ほんのりと琥珀色《こはくいろ》をした淡い光が漏れていることに気付く。慌てて駆け寄ると、その淡い光の中に……ふたりはいた。眠るように寄り添うふたりの前には、琥珀の首飾りが暖かな光を灯《とも》しながら宙に浮かんでいる。

まるで柚鈴と美月を癒《いや》し、包み込むかのように……。

「悠志郎さん……」

近付くと、柚鈴がそっと目を開いて微笑んだ。

「よかった……無事だったのですね！」

「ひどいな悠志郎。あたしのことは呼んでくれないわけ？」

隣では唇を尖《とが》らせた美月が、不満げな表情で悠志郎を見つめている。その様子を見る限り、いつもの美月となんら変わるところはなかった。

「美月……覚醒……したんですか……？」

「覚醒？　なんかよく分からないけど、この首飾りのおかげで目が覚めて……気がついたらここにいたってわけ。あたし、どうなっちゃってるのかな？」

……覚醒の失敗は死を意味する。

思わず息を飲んだ悠志郎を余所《よそ》に、ふたりは目の前の首飾りを不思議そうに眺めた。

「この首飾り……光ってるんだよ。それに浮いてるしさ」

「うん、不思議。これ……私を生んだ母様の形見なんだって」

柚鈴の言葉を聞いて、悠志郎は光を放つ首飾りを改めて見つめた。葉桐が命を賭けて美月を守ろうとしたように、柚鈴の母も自分の娘を守ったのだろう。

「それにしても、一時は美月がどうなっちゃうかと思ったんだけど」

「うん……意識がなかったとはいえ、ごめんね。変なことしようとして……」

「ううん、いいよ。それより美月がまた元気になってよかったよ」

首飾りを囲み、ふたりはいつものように笑い合う。

そんな当たり前のように見ていた光景が、悠志郎にはなんだか悲しく見えた。

柚鈴が無事で嬉《うれ》しいはずなのに……美月の笑顔をこうして見ることができたのに……。

涙が止まらなかった。

「ど、どうしたのさ。なんで悠志郎……泣いてるの？」

「きゃ……！　その血はどうしたんですかっ‼　それに……姉様の刀……」

ふたりはなにも知らない。

悠志郎は、彼女たちに真実を告げなければならないのだ。

美月が堕ち神の一族で覚醒に失敗したこと、葉桐をこの手にかけたこと、呪《のろ》われた血筋がもたらした出来事のすべてを……。

山間の向こうが微かに白み始めている。日の出まで、あまり時間はない。

「ねぇ……どうしちゃったの悠志郎？　なにがそんなに悲しいの？」

「悠志郎さん……本当に……どうしちゃったんですか？」

森の切れ間に見える月は、涙で陽炎《かげろう》のように揺らいでいた。

「美月……柚鈴……」

覚悟を決めた悠志郎は、ふたりを見つめて静かに言った。

「落ち着いて……聞いてください」

エピローグ

悠志郎は柚鈴と美月に、悲しい堕ち神の伝説と、それに纏《まつ》わる悲しい運命を背負った母と娘の真実を抑揚のない声で語った。ふたりは沈痛な面持ちで俯《うつむ》き……時折、涙を見せながらもジッと聞いている。

「美月」

話の最後に、悠志郎は言いたくなかった言葉を告げねばならなかった。

「覚醒《かくせい》できなかったあなたは、夜明けと共に……消えて……なくなります」

「そう……なんだ……」

美月はまるで他人事のように呟《つぶや》くと、そっと顔を伏せた。

「み、美月……ねぇっ……悠志郎さんっ……嘘《うそ》……ですよねっ……？」

柚鈴は美月の袖《そで》をしっかりと握りしめたまま、悠志郎に否定の言葉を求める。悠志郎はその涙に揺れる瞳《ひとみ》で見つめられることに耐えきれなくなり、目を逸《そ》らして俯いた。

「そっか……消えちゃうんだ。なぁんか変な身体《からだ》だって思ってたけど……あはっ……あたしって人間じゃなかったんだね」

美月は軽い口調で言うと、月明かりに揺らぐ夜空を見上げる。

「綺麗《きれい》な月だよね……」

丸く浮かんだ十六夜月。

それは眩《まぶ》しく輝き、そして、時折かかる薄雲がその姿を隠し、ゆらめく様はまるで陽炎《かげろう》

のように見える。辺りには虫の音だけが響き、涼やかな風がそっと頬《ほお》を撫《な》でていく。

悠志郎は、このまま時が止まってくれればいいと願う。

だが、無情にも遠くに見える山の稜線《りょうせん》はすでに白み始めていた。

もう……残された時間はわずかだ。

「もうすぐ……夜が明けちゃうね……」

「やだ……やだぁっ！　美月……美月っ！」

言葉を震わせながら泣き出した柚鈴を、美月はぎゅっと抱きしめる。涙を浮かべながらも優しく微笑《ほほえ》み、ぽんぽんと何度も柚鈴の背中をさすっていた。

「でもね……これでよかったのかもしれないよ。あたしのために人が何人も死んじゃうなんてやだもん。母さまも婆《ばば》さまも消えて……最後にあたしが消えれば、もうこの街で妙な事件が起こることもなくなる」

美月はそう言うと、顔を上げて悠志郎を見つめた。

「悠志郎、あたしを封じて」

「しかし……」

「そうだな……封じられるなら柚鈴の首飾りがいいな。そうすれば、いつもみんなと一緒にいられるから。神威《かむい》の子なんだからできるんでしょう？」

「できるできないの問題じゃないよっ！」

躊躇《ためら》う悠志郎が言葉を返す前に、柚鈴の声が森の中に響き渡った。

「私たち、生まれてからずっと一緒だった姉妹なんだよっ！　そんなこと……」

「お願い……柚鈴。このまま夜明けを迎えて消えてしまうくらいなら……」

美月は袖で涙を拭《ふ》くと、なんとか笑顔を浮かべてみせる。

「せめて、最後くらいは笑って見送ってよ」

柚鈴をそっと離すと、美月は悠志郎に近付いて胸にぎゅっと抱きついた。

「えへへ……一度ここに抱きついてみたかったんだぁ」

「美月……こんなことぐらい、言えば何度でもしてあげたのに」

「だって、恥ずかしいもん。それに……柚鈴の目が怖いしね」

おどけるような美月の頭を悠志郎は何度も撫でた。

美月は満足そうに微笑むと、そっと胸に手をついて離れ、まっすぐに悠志郎と柚鈴を見つめた。その背後に、まばゆい宝石のような陽《ひ》が見え始めている。

「さあ……お願い」

もう時間がない。

このまま消え去るぐらいなら……と、悠志郎が封印する覚悟を決めた時、まるでその意志が伝わったかのように、柚鈴は手にしていた首飾りを手のひらの上に乗せた。

「ここに封じられたら……もう輪廻《りんね》の輪に戻れないよ？　なにもできないまま、ずっとこの中で……永遠の時を過ごさなきゃいけないんだよ？」

柚鈴は静かに言うと、涙の浮かんだ瞳で美月を正面から見つめた。

「うん……」

「それでも……いいの？」

「柚鈴や姉さま……悠志郎がいなくなっても、その子供たちはいるもの。その子たちを永遠に見守るなんて、結構かっこいいじゃない」

「ばか……」

瞳を潤ませながら、ふたりはくすくすと笑い合う。

それが永久の別れになることを承知した上で……。

「柚鈴……いいんですか？」

「美月がそう望むなら、私は美月の姉妹としてその願いを叶《かな》えるだけです。美月は……大事な……大事な私の姉妹なんですから……」

柚鈴からはある種の決意が伝わってくる。

もう悠志郎にはなにも言えなかった。悠志郎と柚鈴が強い絆《きずな》で結ばれているように、柚鈴と美月も姉妹という絆で結ばれているのだ。

「ありがとう、柚鈴。……強くなったね」

「あんまり……強くないよ……。今だって……泣きそう」

ふたりはそっと寄り添うと、ぎゅっと抱きしめ合った。言葉はなく……ただ、思いだけが通う。やがてゆっくりと離れると、互いに優しく微笑み合う。

「悠志郎、今までありがと……楽しかったよ」

返す言葉がなかった。

無言のままふたりを見守る。それが今の悠志郎にできる精一杯のことであった。

「この琥珀《こはく》に、美月の手を当てて……」

そっとふたりの手が重なる。

「ちゃんとできるの？」

「私だって神威なんだもの」

柚鈴は悠志郎のように「目覚め」を自覚しているわけではないだろうが、美月を封印する手段だけは理解しているようだ。おそらく、何故そんなことができるのかと問われれば、柚鈴自身にも分からないに違いない。

「行くよ……できるだけ幸せなことを思い出して……」

「あは……なんにしようかなっ」

「大地より産み出されし力宿す者よ……汝《なんじ》慈愛の扉を開かん」

柚鈴が祝詞《のりと》のような言葉を紡ぎ始めると、ぽうと琥珀が光り出し、ふたりが重ねた手の間から光が漏れる。

「穢《けが》れし大いなる力を今その扉へ誘い、永遠の旅路へ誘い給《たま》うこと願わん！」

空気を震わせるような甲高い音が響き……美月の姿が徐々に掻《か》き消えていく。

「我が名は柚鈴！　神威を名乗る者也《なり》！」

柚鈴の言葉が終わると同時に、琥珀色の光が辺りを包み込んだ。まばゆい光は朝日にも負けないほど綺麗で美しく、悠志郎は泣くことも忘れて、琥珀から溢《あふ》れ続ける光の奔流を見つめ続けた。

やがて……その光が収まった時。

美月の姿はすでになく、琥珀の首飾りだけが淡い光をその中に湛えていた。

「ずっと……いっしょだよっ……美月っ……」

悲しい笑みを浮かべた柚鈴の瞳から、そっと涙がこぼれ落ちていった。


一哉が亡くなり、葉桐と美月も消えた。

この有馬神社で起こった事件を、警察は猟奇殺人事件と結びつけて調べを続けていたようだが、決定的な証拠はなにひとつ見つからなかったようだ。

……被害者たちには申し訳ないが、真相は永遠に謎《なぞ》のままにしておく方がいい。

そんな悠志郎の思いが聞き届けられるかのように、その後なにひとつ進展しないまま、

エピローグ

捜査は打ち切られることになった。

二度も失踪《しっそう》事件の起こった有馬神社に対して世間にはあらぬ風聞が流布し、しばらくは双葉以外の者が神社を訪れることはなかった。

ふたりだけになってしまった神社を放っておくこともできず、悠志郎はそのまま居残ることになった。事件から数ヶ月後には柚鈴と祝言を挙げ、新しい有馬神社の神主として残された姉妹を守ることに心を砕いた。

世襲を済ませると、慌ただしい日々が始まった。誰《だれ》もが悲しみを忘れようと身を粉にして働いた。妻となった柚鈴と、義姉となった鈴香。

共に泣いて笑って、同じ時を過ごして……。

あれから、二年が経《た》とうとしていた。


夜半過ぎ——。

窓から差し込む月明かりで、悠志郎はふと目を覚ました。

前日は例年のように秋祭りの準備で忙しく立ちまわっていたために、身体の方はかなり疲労しているはずだ。この数日間も、一度寝ると柚鈴に起こされるまで熟睡するという日々が続いている。

なのに……何故か、目が覚めてしまった。

隣の布団に視線を向けると、寝ているはずの柚鈴の姿がなかった。障子は開いており、そこから冷たくなりつつある夜風が流れ込んで来る。

その夜風に乗って、話し声が聞こえてきた。

柚鈴と、鈴香と……そして……。

悠志郎は布団をはねのけ、縁側の廊下へと出た。

「あ、悠志郎さん」

「まだ夜明け前ですよ？」

部屋から出てきた悠志郎に気付いて、柚鈴と鈴香が同時に声を掛けてきた。こんな夜中だというのに、ふたりは縁側に腰を掛けて話をしていたようだ。

「つい目が冴《さ》えてしまいましてね。それより……もうひとりここにいませんでしたか？」

悠志郎の言葉に、ふたりは顔を見合わせるとくすくすと笑い合う。

「確かに聞こえたんですよ……阿呆《あほ》っぽい笑い声が」

「ふか〜〜っ！　誰が阿保だぁっ！」

鼻柱に軽い痛みを感じると同時に、耳元から懐かしく感じる威勢のいい声が聞こえてきた。思わず身体を引くと、そこには悠志郎の鼻を「蹴《け》り上げた」人物がいた。

「美月……っ!?」

手のひらに乗るほど大きさしかないが、確かに美月だ。彼女は軽々と宙を舞いながら、

エピローグ

柚鈴の背後にサッと身を隠す。

「ははは、やっぱり美月だっ」

「う、ううっ……やっぱり笑ったぁ！　だからこんな姿見られたくなかったのにっ」

小さな美月は、もそもそと柚鈴の肩の辺りまで這《は》い上がると膨れっ面を見せた。

信じられないという表情を浮かべる悠志郎に、

「ふふふ……ずいぶんと可愛《かわい》らしくなったでしょう？」

鈴香が笑みを浮かべながら言った。

「でも、どうして？」

「ちゃんと封印はされてるみたいなんだけどね……」

柚鈴は手のひらの上に美月を乗せて、そっと悠志郎の前に差し出す。膨れっ面だった美月は、照れたような上目遣いで悠志郎を見上げた。

「なんか……さ、柚鈴の首飾りの中で、ずっと外の様子を見てたんだよね。もう……みんなと一緒にいられないと思ったら寂しかったんだけど……そうしたら、急に目

の前に母様が現れて……」

「葉桐さんが？」

「うん……泣かないでって。そして……気がついたら、いつの間にか外にいたってわけ」

葉桐はずっと娘である美月のことを気にしていたのだろう。

その身体が消え去った後も……ずっと。

「ははは……美月は、寂しがり屋ですからね」

「うーっ、だ、だってっ……」

小さくはなっても、その仕草や口調は以前とまったく変わっていない。あの時のままの美月を見つめているうちに、なんだか胸に熱いものが込み上げて来るのが分かった。

「美月……」

悠志郎は小さな美月に向かって語りかける。

「……お帰り」

「え、えへへ……た、ただいま……っ」

柚鈴は膝《ひざ》に乗せた美月の髪を何度もそっと撫でて微笑みながら、いつしか頬を再会の涙で濡らし続けている。琥珀色をしていた首飾りは、以前とは違った光を湛えながら、柚鈴の胸を淡く照らし出していた。

END

あとがき

こんにちはっ、雑賀匡です。

今回は、すたじおみりす様の「月陽炎」をお送りいたします。

毎年のことなのですが、私はできるだけ年末年始には仕事をしないようにスケジュール調整しております。正月早々からエッチな話を書くのもなんだなー……という理由からなのですが、今年は予定よりも執筆が遅れて、とうとう年越しをしてしまいました(泣)。

正月が忙しいと、その年はずっと忙しい状態が続くのだとか……あう。

……それはともかく。この「月陽炎」は、一本のストーリーを追い掛けるだけではなく、何度もプレイすることによって、今まで分からなかった事実が見えてくるようになっています。この本を読んでいただいた後は、是非ゲームの方もプレイしてみてください。


では、今年もいつものように……。

K田編集長とパラダイムの皆様、お世話になりました。

そして、この本を手に取っていただいた方にお礼を申し上げます。またお会いできる日を楽しみにしております。

雑賀　匡

月陽炎

2002年 3 月10日 初版第 1 刷発行

著　者　雑賀 匡
原　作　すたじおみりす
原　画　仁村 有志

発行人　久保田 裕
発行所　株式会社パラダイム
〒166-0011東京都杉並区梅里2-40-19
ワールドビル202
TEL03-5306-6921 FAX03-5306-6923

装　丁　林 雅之
印　刷　図書印刷株式会社

乱丁・落丁はお取り替えいたします。
定価はカバーに表示してあります。

既刊ラインナップ

定価 各860円+税

1 悪夢～青い果実の散花～
2 脅迫
3 痕～きずあと～
4 慾～むさぼり～
5 黒の断章
6 淫従の堕天使
7 Esの方程式
8 歪み
9 悪夢 第二章
10 瑠璃色の雪
11 官能教習
12 復讐
13 淫Days
14 お兄ちゃんへ
15 緊縛の館
16 密猟区
17 淫内感染
18 月光獣
19 告白
20 Xchange
21 虜2
22 飼
23 迷子の気持ち
24 ナチュラル～身も心も～
25 放課後はフィアンセ
26 骸～メスを狙う顎～
27 朧月都市
28 Shift!
29 いまじねぃしょんLOVE
30 ナチュラル～アナザーストーリー～
31 キミにSteady
32 ディヴァイデッド
33 紅い瞳のセラフ

34 MIND
35 錬金術の娘
36 凌辱～好きですか?～
37 Mydearアレながおじさん
38 狂*師～ねらわれた制服～
39 UP!
40 魔薬
41 臨界点
42 絶望～青い果実の散花～
43 美しき獲物たちの学園 明日菜編
44 淫内感染～真夜中のナースコール～
45 MyGirl
46 面会謝絶
47 偽善
48 美しき獲物たちの学園 由利香編
49 せ・ん・せ・い
50 sonnet～心かさねて～
51 リトルMyメイド
52 flowers～ココロノハナ～
53 サナトリウム
54 はるあきふゆにないじかん
55 プレシャスLOVE
56 ときめきCheckin!
57 散櫻～禁断の血族～
58 Kanon～雪の少女～
59 セデュース～誘惑～
60 RISE
61 虚像庭園～少女の散る場所～
62 終末の過ごし方
63 略奪～緊縛の館 完結編～
64 Touchme～恋のおくすり～
65 淫内感染2
66 加奈～いもうと～

67 PILE・DRIVER
68 Lipstick Adv.EX
69 Fresh!
70 脅迫～終わらない明日～
71 うつせみ
72 Xchange2
73 M.E.M.～汚された純潔～
74 Fu・shi・da・ra
75 絶望～第二章～
76 Kanon～笑顔の向こう側に～
77 ツグナヒ
78 ねがい
79 アルバムの中の微笑み
80 ハーレムレーサー
81 絶望～第三章～
82 淫内感染2～鳴り止まぬナースコール～
83 螺旋回廊
84 Kanon～少女の檻～
85 夜勤病棟
86 使用済～CONDOM～
87 真・瑠璃色の雪～ふりむけば隣に～
88 Treating 2U
89 尽くしてあげちゃう
90 Kanon～the fox and the grapes～
91 もう好きにしてください
92 同心～三姉妹のエチュード～
93 あめいろの季節
94 Kanon～日溜まりの街～
95 贖罪の教室
96 ナチュラル2 DUO 兄さまのそばに
97 帝都のユリ
98 Aries
99 LoveMate～恋のリハーサル～

〈パラダイムノベルス新刊予定〉

☆話題の作品がぞくぞく登場！

147.このはちゃれんじ!

ルージュ　原作
三田村半月　著

このはは自分の誕生日にマッドな錬金術師の兄から、妹を模して作られたホムンクルスであることを告げられる。そんな彼女のエネルギー源はえっちすることだった！　人造人間このはの、学園コメディ!!

148.奴隷市場 Renaissance

ruf　原作
菅沼恭司　著

17世紀。ロンバルディア同盟は地中海を巡って敵対するアイマール帝国へ、全面戦争回避のための全権大使キャシアスを派遣した。そこで彼は奴隷として売買される3人の少女と出会う。

151.new ～メイドさんの学校～

サッキュバス　原作
七海友香　著

聖シリウス福祉教育学校は一流のメイドを育てるための学校だ。そこに男子部を設立する予定があり、そのテストとして入学することになった主人公。メイドの卵たちにかこまれて…。

145.螺旋回廊2

ruf　原作
日輪哲也　著

ネット上に存在するといわれる謎の組織「EDEN」。誘拐や陵辱など、非人道的なことにまったく罪悪感を感じないEDENの人々に、大切な恋人や肉親が狙われてしまう。あの悲劇と恐怖が再び繰り返される!!